JN106257

一般人な僕は冒険者な親友について行く
3
Ippanjin na
著 ひまり

主な登場人物紹介

CHARACTERS

魔法都市デウニッツの
落ち人専属のギルド職員で、
日本からの転生者。

佐藤（さとう） 春樹（はるき）

聖の幼馴染で親友。職業は「守護者」。
かなりのオタク脳で、
聖を困惑させることもしばしば。

新田（にった） 聖（ひじり）

ある日突然、異世界に迷い込んだ存在である
「落ち人」となった高校生。
職業は冒険者になれない「主夫」。

田中(たなか) 大地(だいち)
イースティン聖王国に
召喚された勇者。どこか
ズレているが、気のいい青年。
シルビア・アルデリート
アルデリート魔王国の女王。
勇者も惚れるほどの絶世の美人。
楠瀬(くすせ) 優梨愛(ゆりあ)
聖たちのクラスメイトで、
イースティン聖王国に
召喚された聖女。

1章　さあ、空を飛ぼう

ごく普通の高校生、新田聖は、ある日突然、親友の佐藤春樹と一緒に異世界に迷い込んでしまった。

チートスという町の冒険者ギルドに辿り着いた二人は、異世界からやって来た人間が「落ち人」と呼ばれていることなどを教えられ、職業判定をすることになる。

その結果、春樹が戦闘職の『守護者』だった一方で、聖は非戦闘職の『主夫』だと判明。冒険者になれないので、春樹の『付き人』となることになった。

異世界を楽しむために旅をすることに決めた二人は、ダンジョンのドロップ品で一儲けしたり、魔物を美味しく調理したり、いろいろとやらかしながら、魔法都市デウニッツに到着する。

そこで人々が箒で空を飛ぶ光景を目の当たりにした二人は、転生者の少女、グレイスの協力のもと、ハイエルフであるヘイゼンの指導を受けて、空飛ぶ魔法の習得を目指すことになったのだった。

空飛ぶ魔法を使用するのに必要な免許を取得するには、口頭試験と実技試験に合格する必要がある。

その口頭試験の参考書をヘイゼンに渡されてから五日後。

通い慣れたヘイゼンの部屋で、聖と春樹は息をついていた。

あれだけ無理だと頭を抱えていた口頭試験は、実にあっさりとクリアした。

試験は一対五での面接形式。試験に精一杯で、自己紹介された面接官の名前すらも覚えていない有様だが、それは仕方がないことだろう。

だが、何はともあれ合格だ。

となれば、待ちに待った空飛ぶ魔法の訓練に移ることができる。

そうワクワクする二人だったが、聖はどうしても気になったことがあったため、ヘイゼンに聞いてみた。

「そういえば師匠、本当のところドラゴンってどうなんですか？」

「どう、とは？」

「なんか参考書には、『空で会ったら叩き落とせ』って書いてあるじゃないですか。ドラゴンの性格とかって、どうなのかな、と」

攻撃的だったら一目散に逃げるし、大人しいのなら敵対しないように静かに遠ざかる。

いくら常識だと言われようと、叩き落とすなんて真似をするつもりはなかった……というか、無理だ。

聖がそんな気持ちを込めて見ると、ヘイゼンはふむと頷く。

「……そうだな、基本的にドラゴンは知能が高く、人の言葉も自在に操る。それに、老齢なドラゴンはこちらを尊重してくれるから、普通にしている限り攻撃してくることはない」

「そうなんですね、よかった」

それなら奇跡的にドラゴンに遭遇しても大丈夫だろうと聖が胸を撫で下ろす一方で、春樹は怪訝そうにする。

「……じゃあ、老齢じゃない若輩のドラゴンは、どうなんだ？」

ヘイゼンが語ったのは、あくまでも老齢なドラゴンのこと。老齢、とはどの程度を指すのか不明だが、そうではないドラゴンの方が多いのではと思った春樹はそう尋ねた。

「そうだな、老齢と呼ばれるほどのドラゴンは数が少ない」

「え、じゃあほとんど若輩ってことですか？」

驚く聖に、ヘイゼンが頷く。

「ああ。空で遭遇するのは、礼儀のなってない若輩者の方が多い」

「……ちなみに、その礼儀のなってないドラゴンと遭遇したら、どうするんだ？」

その質問に、ヘイゼンは何でもないようにあっさりと答えた。

「もちろん叩き落とせ。あれはただでかいだけのトカゲだ」

「「……」」

「ああ、叩き落とすのが無理なら、丸焼きでもいいな」

淡々と語るヘイゼンには、冗談の気配は微塵もない。

しかし丸焼きにする方が難しいんじゃないか、いや、もしかしてドラゴンに恨みでもあるんだろうか、と思いつつも、なにやら落ち人が関わっていそうなので、聖と春樹は口を噤む。

だが、次のヘイゼンの一言でいろいろ吹き飛んだ。

「それとドラゴンは美味い。多少危険があったとしても、機会があるなら倒す価値はある」

「美味しいんだ……」

「マジか！」

この瞬間、聖と春樹の中のドラゴンが、危険な魔物から超高級な美味しい食材へとジョブチェンジした。

なにせヘイゼンは、食事を抜いても気にしない人物である。その彼がそれほど美味しいと言うのなら、どれだけ美味しいのかと気にならないわけがない。

「師匠！　すぐに空飛ぶ訓練をしましょう！」

「マスターしてドラゴンに遭わなきゃいけないからな！」

すべては美味しい食材を獲るために！　と、気合十分で告げた二人だが、ヘイゼンはそれらをまるっと無視した。

「今日は無理だ」

「どうしてですか!?」

「なんでだ⁉」

「仕方がないだろう、ヒジリはともかくハルキ、お前の箒がない」

「「あ」」

そういえばそうだったと思い至った二人は声を上げる。

このデウニッツにやってくる途中に立ち寄ったクヒト村で手に入れたマジック箒は、話し合いの結果聖が使うことになっていて、春樹は箒を持っていない。

これから空飛ぶ訓練をすると言うのに、その必須道具がなければできるはずがなかった。

「えっと、どこで買ったらいいですか？」

「買う、といってもな。さすがにマジック箒のようなものはないぞ」

聖の言葉に、ヘイゼンは首を横に振る。

「……師匠の箒は何でできてるんですか？」

「僕のはドラゴンから作られた、特別なものだ。これも売ってないな」

「ドラゴン……」

それはひょっとして、遭遇して叩き落とされたか丸焼きにされたかしたドラゴンですかとは聞けない。思わず微妙な表情を浮かべた聖を余所に、ヘイゼンは続ける。

「一般的には魔力を通しやすい木を加工したものを使い、魔力量が成長するのに合わせて取り換えていくんだが……ハルキの場合は無理だな」

ヘイゼンはそこで言葉を一度切った。

「魔力の成長がほぼ止まっていれば問題ないが、ハルキはこれからが成長期本番だ。それに落ち人の成長速度を考えても、一般的なものは到底使えない」

「あの、ちなみにマジック箒は……」

「それはどれだけ化け物じみた成長をしようと問題ない。だからこそ最高級の箒と呼ばれ、ここでは誰もがこぞって手に入れようとするものだ」

断言するヘイゼンに、聖はそんなすごい箒なのかと驚き、春樹は少しだけ羨ましそうな顔になる。

「じゃあ、俺はどうしたらいいんだ？」

「そうだな……作ってみるか」

「「は？」」

驚く聖と春樹を気にすることなく、ヘイゼンは部屋の隅で何かを探し始める。

「作るって……木を切ったりヤスリかけたりするところから、とか？」

「いや、流石にそれはちょっと……」

「だよね……」

作る、という意味がよくわからないまま、二人はヘイゼンをじっと見る。

やがて探していたものが見つかったのか、ヘイゼンはポーチを手に二人のもとに戻ってきた。

「とりあえず奥に行く」

促され、いつも訓練で使っている部屋へと向かう。

そこでヘイゼンがポーチから取り出したのは、土といくつかの魔石。それを眺めていると、ヘイゼンは聖に視線を向けた。

「……やはり、ヒジリが適任か。ヒジリ、これを全部砂に変えろ」

「え？」

砂に、と言われた聖はキョトンとするも、すぐに初日に宝玉が割れた時の現象を思い出す。

「えっと、この魔石に容量以上の魔力を入れればいいってこと、ですよね？」

「そうだ」

「わかりました」

床に座った聖は、言われた通り全力で魔力を流していく。

途中何度か魔力切れになったが、程なく全部砂に変えることができた。

それを確認したヘイゼンは土と砂を混ぜ、そして何かの水を適量振りかけてから、再び聖を呼ぶ。

「さてヒジリ。次はお前の土魔法で、これを箒にしろ」

「はい？」

さすがに聞き返した。

確かに聖の土魔法は、土を望んだ形に変えることができるが、土は土であり箒にはならない。

困惑する聖だが、ヘイゼンに「いいからやれ」と言われ、よくわからないながらも箒をイメージしながら土に魔力を流し込んでいく。

「……できました」

そして出来上がったのは、やはり箒の形をしたただの土の塊。

これをいったいどうするのだろうかと興味深げに見る聖と春樹の前で、ヘイゼンは金色の粉のようなものを土の塊に振りかけた。次の瞬間――

「「――っ！」」

光を放ち、収まった後そこにあったのは、まごうことなき箒だった。

全体が白磁で覆われており、ヘイゼンの箒のように金色の蔓のようなものが描かれている。頭に高級な、とつくが間違いなく箒だ。

「え？　なんで？」

「すっげーっ！　師匠の箒もこうやって作ったのか？」

「ああ。マジック箒には劣るが、魔石でできている分、一般に流通されているものよりは遥かに高性能だ……まあ、普通は魔石を砂に変えるのに手間も時間もかかるため、この方法をとる者はいないがな」

「……なるほど」

春樹が納得したように頷く。

魔力切れになってもすぐ回復するという、非常識な体質の聖がいるからこそできる手法だった。

「ありがとう聖！　さすが主人公属性！　さすが非常識すぎる能力！」

「……いや、まあ、この場合はよかったんだけど……なんだろう、素直に喜べない」

非常識扱いにも若干慣れてきてしまった聖だが、それはそれであり、これはこれであった。

「師匠、これで春樹の箒は完成ってことでいいんですか？」

「そうだな。ああ、あとヒジリ。マジック箒を見せろ」

「あ、はい」

渡すと、ヘイゼンはすっと目を細める。

まだ聖や春樹には見ることのできない、魔力の流れを確認して、ヘイゼンはふっと息を吐いた。

「……さすがマジック箒、魔力の流れにブレがない」

感心したようにそう言って、聖に箒を返却する。

「明日までに、それぞれ箒に魔力を目いっぱい流せ」

「……魔力切れとか気にしないで、ですか？」

「そうだな、ヒジリはそれでいい。ハルキは回復薬を飲みながら、明日に影響しない程度にしておけ」

聖とは違い、春樹は魔力切れの際に強い脱力感に襲われる。それを考慮(こうりょ)した上でのヘイゼンの言葉だった。

「了解」

「わかりました」

二人は頷くと、その日はそのまま寝泊まりしている部屋のある冒険者ギルドへと戻った。

部屋に着いたのは日が暮れる前。そのため、魔力を流す時間はたっぷりある——そう思ったのが間違いだった。

「さあ、やるか！」

「うん！」

もうすぐ飛べると、箒を前にテンションが上がってしまった二人。

聖は何度魔力切れを起こしてもやめず、春樹は春樹で魔力回復薬片手に、ひたすら魔力を流しまくった。

二人の様子を見に来たグレイスが若干引いていたが、二人は全く気にせず流し続けたのだった。


——その結果。

「で、こうなったと？」

「えっと、そうです」

「あー、ちょっと流しすぎた、のか？　いや、でもこれって……」

二人はヘイゼンから目を逸らし、それぞれ手に持った箒を見下ろす。

昨日作成した春樹の箒は、鑑定のスキルである【主夫の目】で見てみると、【ミラクル箒】というなんとも可愛らしい名前だった。どこの魔女っ娘の箒だろう、と思ったのは記憶に新しい。

そんなミラクル箒と、聖が持っていたマジック箒だが、魔力を流しているうちになぜか突然名前が変わった……いや、聖の脳内アナウンスによると、正確には『進化』したらしい。

まず、ミラクル箒の詳細はこうだ。


【親友の箒（元ミラクル箒）】

親友の親友による親友のための、なんかすごい箒。

これで飛んでこそ真の親友といえるだろう。


聖も春樹も、意味がわからなかった。

親友という文字がゲシュタルト崩壊して、親友ってなんだっけ？　と二人は本気で考えた。

ヘイゼンが頭を抱えたのも、もっともである。

そして、聖のマジック箒はこうなった。


【主夫の箒（元マジック箒）】

主夫たる者、箒を自在に扱えてこそ一人前である。

空くらい飛んでみせろ、主夫なんだから。

なぜこんなにも挑発的になっているのだろうか。やはり意味がわからない。

そしてなにより、主夫のなんちゃらシリーズが箒にまで及んだことに、そのうち身に着けるものすべてがそうなるのではという嫌な予感がして、聖は頭を抱えた。

一方で、春樹から箒の現状を聞き終えたヘイゼンは、もはや恒例となった諦めの表情を浮かべていた。

「つまり、原因はヒジリだな」

「たぶんな」

「断定された⁉　いや、ちょ」

さすがに春樹の箒に関しては春樹の責任だろう、と言おうとした聖だが、すぐに土台に魔力を流したのは自分だったたと思い至る。

「あれ？　ひょっとして僕が作ったから、こうなったんですか？」

「そうだな。ヒジリが作った箒にハルキが魔力を流したことによって完成した、ということだろう。原理はわからんが」

「聖の魔力がなんか特殊なんだな、きっと」

「うわぁい……」

聖は思わず窓の外を見た。

確かにマジック箒は聖の魔力を流したことによって変化した。マジック箒とミラクル箒に共通しているのは、聖が魔力を流したということだけ。

ひょっとしたら他に要因があるのかもしれないが、現時点ではこれが最有力だった。というかおそらくこれしかない。

「……魔力の流れが変わったな」

そんな箒をじっと見ていたヘイゼンの言葉に、聖が慌てて聞き返す。

「え？　なにかおかしいですか？」

「いや、逆だ。恐ろしいほど均一に、淀(よど)みなく魔力が流れている。特にハルキの箒は、マジック箒に匹敵するほど精度が上がっている」

そう言われ、春樹は目を見開く。

「え、マジか……そういや、名前が変わってから、魔力を流しやすくなったような……」

「そうなの？　僕は特に変わらないけど」

「ヒジリの箒もより高性能になってはいるがな。おそらく元から魔力を通しやすいから気づいていないだけだ」

ヘイゼンの言う通り、聖にその変化はよくわからなかった。

「……しかし、ヒジリの魔力で変わるのか……」

ヘイゼンが何かを考えるように眉根(まゆね)を寄せ、ぽつりと呟(つぶや)いた。それを聞きとった聖は念のためと口を開く。

「……師匠の箏に魔力は流しませんよ」

「なぜだ」

即答で返ってきた疑問に、聖は真面目な表情で答える。

「……名前が【師匠の箏】とかに変わったらどうするんですか」

ヘイゼンの答えは沈黙だった。

なにせ春樹の箏が【親友の箏】になったのだ、ヘイゼンの箏が空気を読んで【師匠の箏】になる可能性は十分にありえる。

そんな聖の懸念(けねん)が通じたのか、ヘイゼンは静かに頷いた。

「そうだな。今はやめておこう」

「よかっ……今は？」

「ああ、昨日で材料を使い切ったからな」

全く通じていなかった。

だが聖としても正直なところ、土台を自分が作って、そのあとヘイゼンが魔力を流したらどうなるのか、若干興味があるのもまた事実だった。

「えっと、機会があれば……」

「わかった」

ヘイゼンが無表情で頷く様子に、聖は「あ、これはすぐ材料が揃う」と直感する。

何かに没頭すればするほど無表情になるのが、師匠であるヘイゼンという人物だ。きっと材料調達の算段を立てているのだろう彼に、けれどそれはとりあえず横に置いておいてほしいので声をかける。

「それはともかく師匠。箒も揃ったので、実技を教えてください」

「あ？　ああ、そうだな」

「場所はいつもの部屋でいいのか？」

「……まあ、最初はいいだろう」

そう言って移動すると、ヘイゼンは床に手をついて何かを囁く。

その途端、床や壁が一瞬ぐにゃりと歪んだように見え、聖は速攻で具合が悪くなる。

「……ぐ、なに？」

「……？　なんか床が軟らかいような？」

「今、この部屋のすべてを軟化させた。これで壁にぶつかろうが上から落ちようが、危険はないはずだ……ところでヒジリ、何をしている？」

訝しげなヘイゼンの声、だが聖は答えられない。代わりに春樹が苦笑しつつ口を開く。

「あー、レモの実を食べてる」

「なぜだ？」

「部屋の歪みで酔った」

「……酔う？」

その程度で具合が悪くなるのか、と言われたように聖は感じたが、実際のところ、ヘイゼンの感想は『よくそんなものを食べるな』だった。

「……あー、治った。師匠続けてください」

「……そうか。では、始める」

若干涙目のまま続きを促す聖。その様子に、レモの実はショック療法的なものか……と察したヘイゼンは、何も言わず頷いたのだった。


結論から言うと、空飛ぶ魔法は難しかった。

常に箒に魔力を流し循環させつつ、イメージと共にその魔力を飛ぶ力へと変換させる。

それが飛空魔法なのだが、聖も春樹も、なかなか上手くいかない。

特に聖は、ちょっとだけ浮かぶという浮遊魔法を使えるというのもあり、頭の中でごっちゃになってしまっていた。

仮に上手く魔力を変換できても、箒に跳ね飛ばされ壁に激突、というのを何度も繰り返す。循環が上手くいかないとこうなるそうだ。

だがあまりにもできないので、訓練の前にヘイゼンに言われて外していた、循環を感知しやすくする指輪を試しに嵌めてみた。すると、いとも簡単に浮くことができて、二人は愕然としてしまった。

そんなわけで、それからはより一層、魔力の循環訓練に励むようになった。

朝も昼も夜も、とにかく無意識でも循環できるようになるのを目標に、ひたすら修練する。

もちろん、箒を使った飛空魔法も同時進行だ。

何度も落ちて、数えきれないほど跳ね飛ばされて、それでもなんとか形になったのは、練習を始めてから十日が経過した頃だった。

「——師匠、どうでしょうか？」

すっと浮いて、部屋の中を自在に移動しながら、聖はヘイゼンへと問う。

もう落ちることはないし、壁に向かって跳ね飛ばされることもない。

部屋の中を自在に飛び回る聖と春樹をじっと見ていたヘイゼンは、やがて満足げに頷いた。

「……いいだろう、今日で室内訓練は終わりだ」

「ってことは外か？」

すいっと、春樹がヘイゼンの前へと降り立つ。その動作に危なげな様子はない。

「そうだ、とはいっても演習場だがな」

それでも外だということに、二人は喜んだ。

この部屋の中で飛べるようになった時も感動したが、やはり外で飛ぶのは別格だと思っている。

そうして連れてこられたのは、塔の後ろに面した巨大な演習場だった。

演習場を囲うようにして、上部と横に見えない壁があり、出入りできないようになっている。うっかりぶつかってもぼよんと跳ね返されるだけなので、危険はないとヘイゼンは説明した。

そんな演習場では、多くの練習生たちが空を飛んでいた。

「……人がいっぱい」

「……そうだな、飛んでるな」

「……師匠、この人ごみの中を飛ぶんですか？」

「そうだ。避ける訓練もできるからな」

どうやら、この人ごみの中でも危なげなく移動できるようになって初めて、試験を受けることができるらしい。

結構厳しいな、と二人は思ったが、空を自在に飛ぶにはやはりそれなりの技量が必要なのだと考え直す。

「よし、とりあえず飛んでみろ」

ヘイゼンの言葉に促され、聖と春樹はゆっくりと浮かび上がる。

だが、どこまで上がったらいいのかわからず顔を見合わせていると、その様子に気づいたのか下から「できるだけ上まで行って適当に飛んでこい」と声をかけられた。

それに頷き、二人は上を見る。

「えっと、みんなが飛んでる辺りまでって、ことだよね？」

「だな……かなり、上だな」

上を見て、下を見て、そしてまた上を見て、意を決したようにゆっくりと二人は上昇する。

見える景色が徐々に変わり、周囲を飛んでいる人々と同じ目線になったところで、聖と春樹は一度止まった。

「まあ、結構高いもんな」

「……僕、下見れない」

思わず聖の箒を握る手に力がこもる。

今までは部屋の中でしか飛んでいなかったので、高度には限度があった。

けれど当然ながら外は違う。ヘイゼンは豆粒ほどのサイズになり、遠くの景色がよく見えた。

それをぼんやり眺めながら聖は口を開く。

「そういえば僕、元からあんまり高いところって得意じゃなかった」

「そういや……そうだったな。今更だけどな」

思わず苦笑した春樹の言う通り、本当に今更すぎた。

今までは必死だったので、あまり気にならなかったのだが、これからはそうはいかない。そもそも、移動に便利だからと思って覚えたのに、実際使えないのでは意味がなかった。

聖は遠くなりそうな意識を気合で繋（つな）ぎとめる。

「……まあ、たぶんそのうち慣れる、とは思うんだけどね」

「そうだな。とりあえずぐるっと回ってみるか」

「うん」

他の人の邪魔にならないよう、外周をぐるりと飛びながら周囲を観察する。

この演習場はデウニッツを囲む山脈に面しているのだが、その山脈の高さは想像以上だった。

空には結界が張ってあるものの、陸路で山脈を越えてくるならば入れるという話だ。

だが、この見るからに険しい山脈を実際目にすると、どう考えても無理だと感じた。

そんなことをできる者は、おそらく勇者や魔王といった、とんでもない敬称が相応(ふさわ)しい人なのだろう。

なんてことを考えつつ飛んでいた二人は、徐々にだが慣れてきた。

少しずつ速度を上げ、危険がない範囲で人々の間を縫うように飛んでいく。

「ん、大丈夫そう」

「だな。そろそろ一度降りるか？」

そうだね、と聖が振り向いた瞬間、こちらを見ていた春樹が驚きに目を見開いた。

「っ聖!!」

「え、うわっ!?」

聖は間一髪で、後ろから飛んできた人影を避ける。若干体勢を崩したものの、なんとか立て直し、ほっと息をつく。

「大丈夫か⁉」

「うん、なんとか。それよりいったい……」

突っ込んできた人物が飛び去った方を見ると、同い年くらいの少年がこちらを向いて止まっていた。

睨むように見てくるその金茶色の瞳には、謝ろうとする意志は微塵も感じられず、むしろ敵意があることに聖は内心首を傾げる。

「……この程度は避けられるか」

「どういう意味だ。つか謝罪の一つもないのか？」

少年の言葉に、春樹は目を細め、怒りを隠して冷静に問う。しかし返ってきたのは嘲笑だった。

「はっ！　なぜ僕が謝罪しなければならない。むしろ貴様らこそ、この僕の進行を妨げたことを誠心誠意謝罪するべきだろう」

顎を上げ、完璧にこちらを見下したように話す少年をしばし無言で眺めた聖は、何事もなかったかのように春樹に声をかけた。

「ん、そろそろ戻ろっか春樹」

「……そうだな。師匠に次はどうしたらいいのか聞かないとな」

聖の言葉に、一瞬目を瞬かせた春樹だが、察してすぐさま頷く。

よくわからない難癖をつけてくる、会話も通じないような相手とは話す価値もない。

そう態度で示して無視しようとした聖と春樹だが、当然少年がそれを良しとするわけがなかった。

「待て貴様ら！　何を勝手に行こうとしている！　というか僕を無視するとはいい度胸だな！」

「……うるさいなぁ」

聖はぽつりと呟いた。多少離れているとはいえ、ちらほらと周囲からの注目が集まり始めているのを気にしながら、仕方なく少年に向き直る。

「で、何の用？」

「……忠告だ。ヘイゼン教授の個人指導を今すぐ辞退しろ。あのお方はお前たち如きには相応しくない」

聖はくるりと春樹に顔を向けた。

「春樹、そろそろお昼じゃない？」

「そうだな、降りたら食べるか」

「っだから僕を無視するなと言っている!!　いいか!?　お前たちがどんな手を使ったのかは知らんが、教授の指導を受けるのはこの僕こそが相応しいんだ！　わかってるのか!?」

びしっと指を突きつけ言われた内容を、しばし脳内で反芻し、聖は口を開く。

「……どんな手も何も、文句は冒険者ギルドに言ってくれない？」

「なんだと!?」

「あのな、俺たちは冒険者ギルドからヘイゼン師匠を紹介されてんだよ。俺たちの意思は関係ないわけ」

聖の言葉を補足するように春樹が言うが、少年の瞳は剣呑な光を帯びたままで、さらに理不尽なことを告げてくる。

「なぜ辞退しなかった!!」

「「は？」」

二人の声が重なった。

「この僕がヘイゼン教授を指名する予定だったのだ！　察して辞退するのが当然だろう!!」

「「……」」

もはや二人の感想はただ一つ。なんだこいつ、それだけである。

「いや、お前の予定とか知らねぇし」

「そもそも、どこのどちら様ですか？」

「なっ、この僕を知らないと言うのか!?」

春樹と聖の言葉にショックを受ける少年だが、二人はただ事実を口にする。

「知るわけないだろ」

「知らない」

「——っ！」

少年がなぜか絶句するのを見て、そんなに有名、もしくは偉い人物なのだろうかと二人は考える。確かに彼が着ているローブは大勢の人が着ているものとは質が違って、とても上質なものに見える。

だが、二人にとってはなんの意味もないし、関係がないのは変わらなかった。

「いいかっ！　僕はサンド……」

「パデル様!!」

そこに、第三者の声が挟まれた。

「……ち、なんだ？」

「今舌打ちしましたね!?　なんだ、ではありません！　お一人で出歩いてはいけないとあれほどっ」

「やかましい」

「やかましい!?」

突然始まった言い合いを、聖と春樹はぽかんと見つめる。

第三の声の主――猛スピードでやって来た青年は、聖たちには目もくれず少年に向かってまくし立てており、少年は心底面倒くさそうな態度で聞き流している。

「……よくわかんないけど、なに？」

「……さあ？　とりあえずどっかのお坊ちゃんとお目付け役ってとこか？」

「ああ、確かにそんな感じ」

この様子を見るに、どこかのお金持ちか貴族の息子なのだろう。となれば余計関わり合いたくない。

しかも今回に限っては、厄介事が嫌とかではなく、純粋に面倒くさかった。

二人は目配せをして、気づかれないようにそっと去ろうと試みる。

「待て！　どこに行く気だ！」

だが目ざとく気づかれた。

聖はもはや、感情を隠すことなくなげやりに告げる。

「……迎えが来たみたいだから帰れば？」

「そうです！　予定が詰まってるのですぐに帰りましょうそうしましょう！」

すかさず青年が便乗する。だが、それを聞き流した少年は忌々しそうに聖たちを睨む。

「パデル様！」

「だからやかましい！　こいつらが僕からヘイゼン教授を奪った奴らだ！　なんとかしろ！」

「へ？　この方たちが？」

こちらを見る青年の瞳がすっと細まるのを見て、聖は即座に告げた。

「あ、文句は冒険者ギルドにお願いします」

「事情はわかりました。この度は、とんだご迷惑を」

冒険者ギルド、という単語一つですべてを察した青年が深々と頭を下げる。

それに再び文句を言おうと口を開きかけた少年だが、青年が何かを小声で告げた瞬間、少年の口は閉じられた。聖たちを睨む眼差しは変わらないが何も言わない。

「「……？」」

二人はちょっと首を傾げるが、まあどうやらこれで解放されるようなので何よりだと思った。

その後、青年はもう一度謝罪の言葉を述べると、少年を連れて去っていった。

「結局、なんだったの？」

「さあ？」

ヘイゼンの指導を受けたいというのはわかったが、それなら直接言えばいいだけだ……もちろんヘイゼンが承諾するか否かは別だが。

そんなことを考えながら、二人はヘイゼンの前へと降りる。

「……戻ったか」

「はい。師匠、見えてましたよね？　あれってどこの誰ですか？」

上から見たヘイゼンは豆粒ほどだったので、普通に考えれば彼から聖たちの様子がはっきりと見えているはずはない。

けれど、無駄に面倒見のいいヘイゼンのことだから、何らかの方法で見ているはずだとの確信が、聖にはあった。

ヘイゼンはあっさりと頷く。

「ああ、あれか……知らないままの方がいいと思うが。聞きたいのか？」

心底面倒くさそうに言われ、返答に困った。春樹が微妙な表情で問い返す。

「えっと師匠。ほんとにどっかの貴族、とかか？」

「そんなものだ。まあ普通にしていればまず会うこともない……いや、お前たちは落ち人だったな」

「……なんですか？」

なぜか言い直したヘイゼンに、あんまり聞きたくないな、と思いつつも聖は先を促す。

「落ち人なら、うっかり会うこともなくはない」

「いや、うっかりってどんな理由ですか！　というかそれ別に落ち人関係ないですよね？」

そう言い返す聖に、ヘイゼンは心外そうに眉根を寄せた。

「何を言っている。落ち人とはそういう人種だろう」

「どんな人種!?」

思わず叫ぶ聖だが、ヘイゼンが知っている落ち人たちは、基本的に『うっかり』と『たまたま』でよくわからない交友関係を増やしていたのだからしょうがない。

それを聞いて、聖の口元が引きつった。

「で、どこの誰だか本当に聞きたいのか？」

「……知りたくないです」

「……今は、いいかな……」

春樹ですらも、そっと目を逸らして告げると、だろうなとヘイゼンは頷いた。

演習場に通うようになって数日、二人はその日も訓練のため箒に乗って空を飛んでいた。

「だいぶ慣れたよね。実技試験はいつになるのかな？」

「そろそろだろ？　昨日までに出されてた課題もクリアしてるし」

箒に他人を乗せてみたり、荷物が入った籠を吊るしてみたりと、昨日までいろいろと課題が出されていたが、特に問題はなかった。重量が増える分、多少魔力の消費が増えるだけであまり変わりはない。

そして、今日は適当に飛んで来い、としか言われていなかったため、実技の試験も間近だろうと二人は考えていた。

「あ、聖。右じゃなくて左に旋回」

「ん？　あ、了解」

春樹に言われ、聖は一瞬ちらりと右に視線を向けるも、すぐさま左へと進路を変える。

「師匠に直談判すればいいのにね」

「だよなー。まあ、断られた後っていう可能性もあるけどな」

「あー、否定できない」

聖は思わず苦笑する。

よくわからない難癖をつけてきた少年の姿は、その後も何度も見かけていた。

だが、お付きの青年が傍にぴったりと張り付いており、こちらに近寄る気配がないため、見かけたらすぐさま離れている。

とにかく面倒な感じしかしないので、どれだけすごい目つきで睨まれようが無視だ。

(ま、それもたぶんあと少しの辛抱だけどね)

聖は内心で呟いて意識を切り替える。

きっともうすぐ実技の試験を受けるだろうし、合格さえすればこの場所に来ることもない。

「害はないし放置の一択だよね」

「ああ、スルーが基本だよな」

そう、それが最善であることを二人は知っている。

もちろん、あからさまに避けられ無視された少年の機嫌が目に見えてどんどん悪くなっていっていることなど、気にすることもない。

さらに、お付きの青年が若干お疲れモードになっている気がしなくもないのも、二人には関係ない。ないったら、ない。

聖と春樹には、全くの無関係であった。

なので今日も何一つ気にすることなく一通り飛んだ後、何か指示があるかもしれないと、一度へイゼンのもとへと戻る。

　すると彼の隣には、にこにこと笑う老齢の女性がいた。

「戻りました、師匠、と……？」

「……誰だ？」

　聖と春樹が揃ってきょとんとすると、ヘイゼンが当たり前のように告げた。

「ああ、試験官だ」

「「は？」」

「ふふふ、初めまして？　メアリちゃんて呼んでね」

「「……は？」」

　メアリと名乗った老女にぽかんと口を開けてから、二人がヘイゼンに視線を移すと、深くため息をついている。

「遊ぶな。それで、結果は？」

「ふふ、子供って可愛いわねぇ。もちろん、合格よ」

「まあ、当然だな」

「相変わらずねぇ。ま、文句なしよ」

　よくわからない会話の後、メアリと名乗った老女は「ふふ、頑張りなさい」と最初から最後まで謎(なぞ)の微笑(ほほえ)みを残して去っていく。

それを、聖も春樹も何も言えずに見送った。

「えっと、師匠？　試験官、てことは実技試験の日にちが決まったってことですか？」

「ていうか、今のが試験官かよ……」

春樹の口元がやや引きつっているのも無理はない。何やらやり辛そうな気がするのは聖も同じである。

だが、それに対するヘイゼンの返答は、よくわからないものだった。

「ああ、実技試験は合格した」

「……は？」

「……へ？」

「実技試験は合格した、と言ったんだ」

聞こえなかったのか？　と言いたげに淡々と告げるヘイゼンだが、聖と春樹には言葉の意味が理解できない。

「あの、師匠？」

「なんだ」

「えっと、それは僕と春樹の実技試験の話ですよね？」

「当たり前だろう、他に誰がいる」

飄々（ひょうひょう）と答えるヘイゼンに、思わず春樹が突っ込んだ。

「いやいやいや⁉　実技試験なんて受けた覚えもないのになんで受かってんだよ⁉」

叫んだ春樹に、全力で頷く聖。

そろそろ試験かなぁ、とは確かに思っていたが、終わりどころか始まりも告げられた覚えはない。

二人が思わず詰め寄るも、ヘイゼンの表情は何一つぶれない。

「なんだ、そんなことか。実技の試験は基本的に抜き打ちだ」

担当指導官が判断し、試験官を連れてきて訓練の様子を見せるのが試験となり、それで合否が決まる。もちろん不合格の場合もあるが、抜き打ちなので試験があったことすら合格するまで本人が知ることはない。もっとも、担当指導官が大丈夫だろう、と判断してから試験をするので基本的には合格するのだが。

そんなヘイゼンの説明に、聖はどうしたらいいのかわからず、微妙な表情を浮かべる。

「なんだろう……嬉しいんだけど消化不良」

「あー、まあ、気持ちは、わかる」

春樹も同じような表情で頷く。

なにせそろそろ試験だ、と気合を入れていたのに、知らないところで始まって終わっていた。そして言い渡されたのは合格の二文字。肩すかし感が半端なく、素直に喜べない。

だが、ヘイゼンは二人の気持ちの整理など待ってはくれない。

「箒へ印を施すのは明日になる。詳しくはグレイスに聞け。終わったら一度、僕のところに顔を出すように」

「あ、わかりました」

「了解」

そしてそのままあっさり解散となった。


「あはは、それで微妙な顔してたのね」

試験を終えたばかりの聖たちから話を聞いて、グレイスは笑って頷いた。

冒険者ギルドにある、ギルドマスターの部屋。

例によって炭酸水の売買のために通されたのだが、ギルドマスターが少々遅れるとのことで、試験のことを話していたのだった。

「外から来る人は大抵そうなのよね……ここの住民は何となくの噂で聞くからわかってるんだけど」

もちろん、大っぴらに言うことはないし、もし聞かれたとしても答えることもない。だが、暗黙の了解として皆知っているのだとグレイスは言う。

「「……へー」」

聖と春樹も誰かに言う気はない。むしろ抜き打ちだなんて知ったら毎日が緊張の連続となり、とても可哀相だろうと思ってしまった。

「それにしても本当に約一月で合格まで行くなんて、さすが落ち人よね」

感心したように言うグレイスだが、そもそも一か月と言い出したのは、聖たちではなく彼女だ。

本当にできるとは思わなかったと言わんばかりの口調に、この一か月の無茶ぶりを思い出した二人は、若干半眼になる。

短い期間で習得できたのはありがたいが、もう少しゆっくりでもよかったと思わないでもなかった。

「いいじゃない、終わりよければすべてよしって言うし！　あ、来たわよ」

誤魔化すように笑って言ったグレイスにつられて、開かれるドアに視線を向ける。

そして現れたギルドマスターは、思った以上に小柄で……毛の塊だった。

「すまぬな、遅れた」

聞こえた声は重低音。

見た目とのギャップがすごいなと、ぼんやりと思うも問題はそこではないと、聖も春樹も思い直す。それよりもっと気になるものがあった。

二人は説明を求めて無言でグレイスを見る。

「……？」

視線の意味がわからず首を傾げるグレイスだったが、そう言えばと遅れて気がついた。

「説明してなかったわね。えっと、毛長族っていう種族なの」

「……け？」

「……なが？」

「そう。えっとね……」

毛長族は、小人族のように小柄で、髪の成長速度が尋常じゃない種族だそうだ。

髪の毛には常に薄く魔力が流れており、基本的にはそれで体全体を覆っている。よって、見た目は白い毛の塊というか毛玉。目や口どころか、前と後ろの判別もつかない……とのこと。

（……毛玉……）

（……紛れもない毛玉、だな……）

二人がまじまじと見つめていると、そんなよくわからない毛玉から声が上がる。

「ふむ、種族の説明はそれでいいかの？　わしがここのギルドマスターをしとるラジハルじゃ。おじいちゃんと呼んでくれていいぞ？」

「「……」」

なにやら少し前に、似たようなやり取りがあったような気がするのは気のせいだろうか。

「……ギルマス。話を先に進めてください」

「なんじゃグレイス。受付嬢たる者、もう少し愛想が必要じゃよ？」

「安心してください、ギルマスに振る舞う愛想がないだけです」

「ふむ、ならよいか」

「はい」

いいんだ。

そんな聖と春樹の心の突っ込みを知ることなく、グレイスはこちらを見てにこりと笑みを浮かべる。

「それで用件はさっき話した通りなんだけど、まずギルマスにお願いできる？」

聖は頷くと、取り出したコップに炭酸水を注ぎ、それを毛玉、ではなくラジハルの前へと置く。

すると——

「うわっ⁉」

「ちょっ、毛⁉」

ラジハルの体を覆っていた毛がにょろりと伸びてコップに巻き付き、そのまま毛玉の中へと引き込んだ。

はっきり言ってもはやホラーな現象。というか動くということが驚きだったが、すぐにこれは当たり前の光景らしいとわかった。

グレイスが呆（あき）れたように「だから面倒くさがらないでくださいといつもっ」と、なにやら文句を言っている。

「……めんどう、なんだ」

「……まあ、便利と言えば便利、か？」

何ともコメントのし辛い光景を目の当たりにしつつ、二人がラジハルを見ていると、その毛玉の中から奇怪な叫びが聞こえた。

「うひょっ!?」

「「……うひょ?」」

「だから言ったじゃないですか、びっくりしますよって」

ラジハルはちらりとグレイスの方を向いたのか毛がさらりと揺れ、そしてしばし沈黙。

ごくごく、と微かに音がすることから、口に合わなかったわけではないらしいと安堵しつつ、聖たちはラジハルが飲み終わるのを待つ。

そして、再び毛玉からにょろりと毛が伸びて、コップが机の上へと戻された。

「どうします? 三くらいですか?」

「ふむ、五でもよいかの」

「わかりました!」

ラジハルの言葉に、元気よく答えたグレイスは、持っていた袋からもはや見慣れた樽をぽんぽん出していく。そして、お願いねと言わんばかりにイイ笑顔を向けてきた。

「……じゃあ春樹、入れてくるね」

「おう、頑張れ」

ちょっとだけため息をつくも、聖はすべての樽へと炭酸水を入れ、今回の販売も無事終了したのだった。

そして翌日。

聖と春樹は箒に印を押してもらうために、グレイスの案内で塔の奥の部屋へと向かう。

何をするのだろうと少し身構えていた二人だったが、拍子抜けするほどあっさりと終了した。

印を押す道具はどこからどう見ても、見慣れたインク内蔵タイプのハンコだった。

だが、聖も春樹も、まあ便利だよねと深くは追及しない。

なぜなら、どう考えても作ったのが落ち人であることは明白だからだ。

その後は、そのさらに奥にある部屋へと通される。そこで待っていたグレイスに声をかけようとした二人だが、目に飛び込んできた光景に目を見開いた。

「あ……これ？」

「……なるほど」

そこは白一色に染められた不思議な空間。そして正面にある壁には、金色の文字が書かれていた——日本語で。

それは紛れもなくこの国を作ったとされる落ち人、松木楓（まつきかえで）による、親友（グレイス）へのメッセージ。

箒に印を押した後は、必ずこの部屋へ通される決まりらしいが、それはきっと、グレイスに言葉を届けるためだったのだろうと、よくわかる。

なにせメッセージの最後に『もし、これを読めてしまって意味がわからなかった人は忘れること！』という言葉があるくらいだ。それくらい、当事者にしかわからない内容だった。

「……こんな大々的にメッセージを書くなんて、気づかないわけにはいかないじゃない？」

グレイスがどこか呆れたように、でも楽しげに言う。

「確かに。ていうかこれ、ものすごい職権濫用だよな」

「すごいよね。いくらこっちの人が読めないだろうと思っても」

「ええ、今更消せないし。ものすごく素晴らしいことが書かれてるって信じてる人たちに内容を伝えるなんて無理よ」

これは誰にも言えない。超私的なメッセージだ。

今までここに来た落ち人たちも同じ気持ちだったのだろう、一般に伝えられているのは『大事な人へのメッセージ』くらいだったようだ。聖と春樹もきっと、もし聞かれたら似たようなことを答えるだろうと思った。

「あ、それとこの後なんだけど。少しでいいからちょっと時間貰える？　話したいことがあるの」

「いいよ。じゃあ一度戻って……」

頷きながら聖が振り向いたその瞬間、何の前触れもなく突然、地面が光り輝いた。

「は？」

「え？」

しかも、なぜか聖と春樹の足元限定で。

何事かと思うも咄嗟のことに体は動かず、眩しさに思わず目を閉じると、どこかに引っ張られるような感覚が二人を襲う。

「え？　ちょっ、聖⁉　春樹⁉」

そして、そんなグレイスの声を最後に、聖と春樹は忽然とその姿を消した。

閑話1　グレイスは、現在進行形な親友のやらかしを知る

地球で事故に遭った高校生が、異世界に転生した——デウニッツの冒険者ギルド受付嬢にして落ち人の専属であるグレイスに起こったことを、端的に表すとこうなる。

文字に表すと実に単純に思えるが、当事者としては重大事件だ。

目が覚めて、グレイスが最初に思ったのは「あ、生きてる」だったが、それは無理もないことだった。なにせ最後の記憶は目の前に迫るトラックだ。

だから奇跡的に助かって、病院にいるのだと思った。そして次に思ったのは、何か重大な後遺症を負ったのだろうか、ということ。

よく見えない目に、自由に動かない手足。そして何より、聞こえてくる声に聞き覚えはなく、なぜか言葉が理解できない。

これは脳に障害があるなと、再び薄れていく意識の片隅でそんなことを思った。

しかし徐々に、意識のある時間が増えると共に視力は回復し、手足の自由がきくようになると、疑問が浮上する。

なぜ、両親の姿がなく、病室というにはちょっと古めかしい感じの部屋にいるのか。

それになにより、脳に障害があるはずなのに、うっすら靄がかかった感じはするが、どうしてこんなにもいつも通り考えることができているのだろうか、と。

事故で脳に障害が残った症例など詳しくは知らないので、もしかしたらこれが当たり前なのかもしれないが、それでもさすがに何か違うと心が警鐘を鳴らす。

動かせるようになった手は心なしか小さいし、嬉しそうな知らない男女に持ち上げられるほど、自分の体重は軽くないはずだ。

（もしかしてよ、もしかして……巷で噂の、転生、とかだったりしない、わよね？）

そう思い至った瞬間だった。

（――っ!?）

頭の中にあった靄のようなものが一気に晴れ、嘘みたいな考えが事実だと認識する。

そして同時に、それが彼女にとっての戦いの日々の始まりとなった。

つまり、今まで意識から除外されていた、排せつや食事といったものに対する、羞恥心との戦い。

赤ちゃんなので仕方がないのだが、精神年齢は花も恥じらう乙女である。

なので毎回、声にならない叫びを上げる羽目になった……もちろん対外的には「あうあうう」というとても赤ちゃんらしい声しか出ないのだが。

そんな壮絶な戦いを繰り広げながらも、子供の柔らかく優秀な頭は、見えるものや聞こえるものをどんどん吸収していき、意味がわからなかったはずの言葉もいつの間にか習得していた。

そして理解したのは、この世界では転生や転移といったものが、珍しいとはいえ確かに存在するということ。それから転生と転移の違いについてだった。

転移者は落ち人と呼ばれ、総じて能力が高く、さらに過去の英雄王ナナキの計らいによるサポートが付く。

それを知った当初は不公平だと、少しくらい転生者にもなにか特典があってもいいのにと思った。前世の記憶そのものが特典だという可能性もあるが、それはグレイスにはあまり役に立たない。

けれど、過去の落ち人たちがやらかしたことを知るにつれ、普通でいいと思うようになるのに時間はかからなかった。むしろこの都市に生まれたということがグレイスにとって幸運すぎた。

なぜならばデウニッツに広がっているのは、前世で夢にまで見た光景。

箒で空を飛ぶことが当たり前の場所で、そのための教育が受けられる。これを幸運と言わずになんというのだろうか。

加えて、自身が転生者であることを公表しても、魔法の研究に熱心な住民たちに興味を持たれることも奇異な目で見られることもなかった。

周りと同じように嬉々(きき)として、寝ても覚めても勉強に訓練。この都市以外では引かれるであろう日常だが、何一つ疑問に思うことも不満もない。

そうして、十二歳の時に無事箒に印を貰うことができたのだが、この時グレイスは喜びと共に衝撃に見舞われることになる。

塔の奥にある部屋の壁に描かれた、読めてしまったその文章によって。

『たぶん読んでしまう日が来るだろうことが確定の親友へ』

そんな文言から始まったそれは、きっとグレイスにしか理解できない言葉の羅列。

『頑張ったでしょ？　アレを実現させたの！　すっごく頑張ったの！　今、ここにいないのが残念。でも、わたしはできることは全部した。後悔することもあるけど、全身全霊、全力を出したの。黒猫は見つからなかったけど、今はこれでいいと思う。だから――またね、親友』

変わらない親友がそこにいた。あの日別れたままの親友がそこにはいた。

（……ああ、やっぱり、ね……）

本当は、薄々気づいていたのだ。この都市の成り立ちを知り、落ち人のことを知る過程で、この都市を作った『カエデ』が自らの親友である、その可能性に。

けれど、グレイスは気づきたくなかった。認めたくなかった。だって認めてしまったらそれは――もう、二度と親友と会うことができないということだから。

グレイスとしての生を始めて、グレイスとして両親から愛情いっぱいで育てられて、徐々に前世への執着も記憶も薄れていった。

たった一つを除いて。

己が転生したのだから、あの日一緒にいた親友(カエデ)もひょっとしたら、いや、間違いなくこっちに来ているはずだと、そう思ってもいたのだ。

もちろん助かって幸せに暮らしてくれていればいいとの思いもあるが、あの親友に関してそうはならないだろうという、なんの根拠もない確信がグレイスにはあった。

だから、気づかない振りをした。そうしていればゼロに近い確率でも、再会の希望が持てるから。

けれど今、親友が残したこの文章によって、それは完全にゼロになってしまった。

「……またね、って、無理でしょ」

あまりにもあの親友らしい言葉に、グレイスは思わず笑う。笑ったまま、ぽたりぽたりと、涙が零れ落ちる。

(……ここに来たのがひとりで、よかったな……)

グレイスに前世の記憶があるのは知られているが、それが落ち人たちと同じ世界だということは、一部の人しか知らない。だからグレイスがこれを読めてしまったということは、知られなくて済む。

「だって、言えないじゃない……」

言えるわけがない。こんなにも私的すぎるメッセージ。グレイスのためだけに残された言葉。親友からの贈り物。

それを何度も何度も読み返して、そしてグレイスは泣き笑いのまま心の底から呟いた。

「……会いたかったなぁ」

それからグレイスはすぐに冒険者ギルドで働き始めた。基本的にこの世界では、十四、五歳から働くのが一般的だ。十二歳のグレイスは少しだけ早かったが、驚かれるような年ではない。そもそも、農村などになるともっと早い。

冒険者ギルドを選んだのは、近年では少ないが他の転生者や落ち人に会ってみたかったというのが最たる理由だ。もちろん給料がよかった、というのもあるが。

そして、そんなグレイスの願いは割とすぐに叶えられた。

ある日、一人の落ち人がやって来た。けれどその落ち人は箒で空を飛ぶ魔法を習得するには時間がかかるかもしれないということを説明すると、少しだけ考えて、すぐさま都市を出てしまった。

がっかりするグレイスだったが、その数年後、十七歳の時に新たな落ち人がやって来た。

聖と春樹という名の、大人しそうな少年と目つきの鋭い少年の組み合わせに、グレイスは、聞いてはいたが内心びっくりしていた。

けれどそんなことはおくびにも出さずに、今度はすぐに帰らないよう、蓄えた知識を総動員して約一カ月という期間だが、留まらせることに成功する。

そうして得た繋がりはグレイスにとって、とても楽しい時間だった。

なによりも、聖が作ったあちらの世界を思い出させるような料理の数々は、本当に懐かしく美味しい。材料をどこでどうやって手に入れたのかは知らないが、まあ落ち人だしね、とこの世界で培（つちか）った常識にのっとり納得することにした。

そして素直に、いいなぁと思った。親友だという彼らに、ひょっとしたらあったかもしれない己と親友（カエデ）の姿を重ね、グレイスは目を細める。それがもう、決して実現することはないと知っていたけれど。

けれど彼らに会ったお蔭（かげ）で、グレイスはようやく次の一歩を踏み出す勇気が持てた。

すなわち、ヘイゼンに会うこと。

それは、この世界に落ち人として存在した親友を知っている、唯一の人だと言ってもいい人物。

ヘイゼン自体に苦手意識があるというのも確かに嘘ではないが、己が知らない時間を過ごした親友のことを知るのが怖かった、というのが大きい。

けれどついに、自分の人生を全力で生きるための一歩を、グレイスは踏み出した。

グレイスがヘイゼンのことを知ったのは、冒険者ギルドに勤め始めてからになる。

いや、正確に言うと、とても気難しいハイエルフの教授だというのは噂で聞いていた。

けれど、知る人ぞ知る、というあまり表に出ない人物らしく、本当の意味では知らなかった。

その姿も仕事柄極々（ごくごく）たまに見かけることはあったが、実は会話らしい会話をしたのは聖たちを紹介した時が初めて。

そんな、親しいとは全く言い難い人物の部屋へとその日、グレイスは意を決して訪れていた。

ちなみに現在聖たちは、分厚い参考書との戦いが最終局面を迎えているため、ここにはいない。

いないからこそ、グレイスはここにいる。

「カエデさまのことを、教えてください」

そう言ったグレイスに返ってきたのは、沈黙。

ヘイゼンの眉間に寄った皺は拒否の表れか、それとも警戒しているのか。

けれど、今更それに怯む気などないグレイスは、目に力を込めて言葉を紡ぐ。

「私は、教授がカエデさまにとってどのような位置にいたのか、それを知っています」

「……」

それとは、知る人ぞ知る、のさらに限られた人にしか知らされていない事実。

グレイスがその事実を知ったのは、冒険者ギルドに入り、そして落ち人の専属になるための教育を受けてからだ。ヘイゼンがカエデの伴侶であった、ということを知ったのは。

雷に打たれたような衝撃と、よくわからない愕然とした思いを抱いたのは後にも先にもあの時だけだとグレイスは思い出す。だからこそ、他の誰よりも、グレイスの知らない親友の姿を知っているのはヘイゼンだけだと考えていた。

「私はカエデさま……いいえ、ただあの子がどうやって過ごしたのかを知りたいだけなんです」

そのグレイスの言葉、そして言い回しに、ヘイゼンが訝しげに目を細める。

それはそうだろう、会ったこともない人物のことを、まるでよく知っていると言わんばかりの口調で話すのだから。

「お願いします、どうか」

「……一度だけ聞く、お前は誰だ」

「え？」

「お前の『名前』は何だ」

知っているはずのことを問うヘイゼンに、首を傾げながらも『グレイス』と答えようとして、気づく。

問われているのは、何かを見極めようとしているその瞳が問うているのは、この名前ではないと。

だから、一度ごくりと唾を呑み込み、この世界で生まれてから一度も口にしたことのないそれを、グレイスは名乗った。

「私の、私の名前は、『山下咲希』」

「――誓約はなされた」

ヘイゼンが言ったその瞬間、巨大な魔法陣が浮かび上がり、気づけばグレイスはヘイゼンと共に白い部屋にいた。

どことなく、塔の奥のあの場所に似た部屋。そこには椅子に腰かけた老齢の女性がいるが、その姿はなぜかうっすらと透けていた。

「え、え？」

「お前に残されたものだ」

「……それ、って」

目を見開くグレイスの前で、女性がにこりと笑う。それは、見たことのない、知らないはずの女性。けれど。

『やっぱり、こっちに来ちゃってたんだね、親友』

――そのキラキラとした瞳は、グレイスの知っているものだった。

『うん、ほんとはさ。あっちで元気に生きててほしいなーとは思ってたんだよ？　でもさ、わたしの親友だもん、無理だよね』

「……あんたに言われたくない」

そのあまりにもきっぱりとした口調に、思わず文句を零す。けれど、グレイスは笑ってしまう。だって、同じことを思っていたから。

『ねえ、箒で空は飛んだ？　もう、すっごい感動だよね！』

「うん、飛んだ。気持ちよかった」

初めて飛べた時の、あの感動は一生忘れない。でも、分かち合えない寂しさも、同時にあった。

『――咲希ちゃん。わたしね、こっちに来てから今まで全力投球だった。やりたいことができる世界で、望んでもいい世界で、全力で生きたの。でも、咲希ちゃんだけがいなかった』

「……うん、いなかった」

親友がいなかった。

『だから、全力を尽くしたの。望めるものを全部望んだの。望むためにも全力を尽くしたし、これからも尽くす。だから咲希ちゃんも、望んで、諦めないでね』

「……うん……うん」

いつの間にか、グレイスの頬(ほお)を涙が流れていた。実に親友らしい言葉で、笑っているのに、泣いている。

(……本当に、会いたかったなぁ)

この世界で、聖や春樹と同じように、親友と駆け回りたかった。

でも、大丈夫。

もう、大丈夫。

自分は、ここから前へと進んでいける。この親友のように、おばあちゃんになるまで、全力で人生を歩んでみせる。

そう誓ったグレイスは、涙を拭(ふ)いて、最後にはっきり親友の姿を見ようと俯(うつむ)いていた顔を上げる。

(……あれ?)

そして再度親友のその姿を見たグレイスは、ぱちりと瞳を瞬(しばたた)かせた。

（何か……変な感じが……？）

気のせいか、微かな違和感があった。

『ねえ、咲希ちゃん』

紡がれるその声は、先ほどと変わらないはずなのに、なぜか違うようにグレイスには感じる。

『咲希ちゃん、わたしの名前を呼んで』

「な、まえ？」

『呼んで、咲希ちゃん』

何かがおかしい。おかしいのに何がおかしいのか明確な答えが出ない中、親友の瞳が楽しげに、何かを待ち焦がれるように輝く。

それにグレイスは、まるで何かに導かれるように、その名を口にした。

「……楓？」

「咲希ちゃん、おっそーい！」

その瞬間、聞こえたのは懐かしい、聞こえるはずのない声。そして、気づけばヘイゼンの部屋へと戻っており、そして――楓がいた。

「は？　え？」

「もう、遅すぎて本当にお人形になるとこだったよ！　久しぶりの咲希ちゃんだ！」

「えっと、久しぶり？」

混乱が極致に達したグレイスは思わず普通に返したが、正直意味がわからない。

なぜ、見覚えのありすぎる楓の姿がここにあるのだろうか。いや、うっすらと透けているから
ひょっとしたら幽霊というやつなのかもしれない。

「あ、幽霊じゃないからね！　ちょっと奇跡的な魔法みたいなもんだからね！」

もっと意味がわからなかったが、なぜわかったのか。

途方に暮れたグレイスがヘイゼンへと視線を向けると、驚いたような表情をしていたのは一瞬だけで、すぐさま何かを理解したような、何とも言えない表情を浮かべる。

説明が欲しいとグレイスは切実に思った。けれど、現実は待ってくれない。

「ああ、ほんっとに長かったよ！　こんなに時代が違うとか、何の嫌がらせかと思った！」

「えっと、楓？　ほんとに楓？」

「そうだよ、わたしに決まってるじゃん！」

自信満々に言い切ったその表情を、グレイスはじっと見て、そしてポツリと呟く。

「……本物？　いや、これで偽物だったらすごいクオリティ高すぎるでしょ……いや、でもまさかそんな……」

「そんなに悩まないでよ、咲希ちゃんてば。異世界で魔法があって空が飛べるんだよ？　わたしがいたっておかしくないじゃない！」

「おかしいに決まってるだろ」

楓のとんでも理論をズバッと否定したのはヘイゼンだった。一瞬遅れで我に返ったグレイスは、頷きながら謎の感動を抱く。目の前にいるのがグレイスの知っている楓だというのはどう見ても否定のしようもないが、そのとんでも理論はない。

そんなグレイスの前で、楓がじっとヘイゼンを見ていたかと思うと、なぜか不満げな表情を浮かべた。

「ずるい」

「何がだ」

「姿が全然変わんない！　ハイエルフってずるい！」

「そんなことはどうでもいい。それより――本当に成功したのか」

グレイスにはわからないその言葉に、楓はにっこりと笑う。

「わたしに不可能などなくってよ！」

「なんでいきなりお嬢様言葉!?」

「や、何となく？」

思わず突っ込んだグレイスに、ぺろりと舌を出して、そして楓は嬉しそうに目を細める。

それはグレイスが知らない、大人の女性としての楓の姿だった。けれど、そんな大人の雰囲気はすぐさま霧散（むさん）する。

「んーと、もうそろそろ時間だから簡潔に説明するね？」

「え？　時間？」

「うん、いろいろ端折ってざっくり言うけど、わたし、転生しました」

「「は？」」

さすがに理解できなかったようで、ヘイゼンと言葉が被った。どうやら意味がわからないのは自分だけではないらしいと、グレイスは頭の片隅で安堵する。

「咲希ちゃんがこの世界に転生したのと同時にわたし、誕生。でも『わたし』の意識が入ってなかったから喜怒哀楽のうっすーい人になっちゃったんだよね。でもこれから入るから無問題！」

問題しかないだろうと、ヘイゼンもグレイスも思った。

「それでちょっと特殊な生まれになってるんだけど、そのうち抜け出して会いに来るからね！」

問題しかないが、その言葉にグレイスは目を見開く。

「あ、える、の？」

「うん、会えるよ」

「……ほんと、に？」

羨ましかった光景。決して叶わないと知っていた望み。

けれど時間とやらなのか、徐々に薄れゆく親友は、はっきりとそれを口にする。

「大丈夫、会えるよ咲希ちゃん。知ってると思うけど、わたし、有言実行の女よ？　だから待っててね咲希ちゃん。ヘイゼンも」

そして、すっと、最初から誰もいなかったかのように、その姿は消えた。

そして今日、グレイスは塔の奥にある白い部屋で聖と春樹が来るのを待っている。

あの日、ヘイゼンから聞いた話によると、なんと楓は生前「神様的な人と交渉して絶対に生まれ変わる」と言っていたとか。

しかも、それを裏付けるように楓の職業は『交渉人』であり、落ち人特有のスキルとして『一度だけ望んだものと交渉できる』というものがあったそうだ。

そして、死ぬその瞬間にそれを発動したのをヘイゼンが確認していた……もっとも、本当に交渉できるとはさすがのヘイゼンでも思わなかったらしいが、それを本当にやってしまうのが落ち人であり楓という人物だ。

グレイスが落ち人のやらかしというものを、本当の意味で実感した瞬間であった。

そしておそらくだが、グレイスへ残した映像つきのメッセージを起動することが、楓が本当の意味で生まれ変わる条件だったのではないかと、ヘイゼンは言っていた。

正直なところ、いまだに半信半疑なところはある。それでもグレイスは期待せずにはいられない。

ふふっと、グレイスの口から思わず笑みが零れる。

この後、聖と春樹に楓のことを話す予定なのだ。

話すかどうか、どうしようかと悩んでいたグレイスに、教えるように言ったのはヘイゼンだ。

どういうわけか落ち人とは、厄介事に知らないうちに巻き込まれるか、進んで巻き込まれていくかの二択しかなく、いずれにせよ巻き込まれるのは確定なので予め話しておいた方がいい、と。

しかも彼の見立てによると、楓はかなり厄介なところに生まれ変わっている可能性が高いようだ。理由は元落ち人だから。

そんなわけで事情を話すべく、どういう反応をするのか少しだけ楽しみに待っているグレイスだったが……まさかあんな事態になるとは思いもせず、想像しろというのも無理なことだった。

「……本当に落ち人って……落ち人なのね……」

二人の消えた現場を見ながら唖然として呟くグレイス。

今後、さらなる落ち人のやらかしの数々を目の当たりにしていくことになるのを、彼女はまだ知らない。

閑話2　フレーラの落ち人にまつわる騒動日記

冒険者ギルドダリス支部のギルドマスター、フレーラから見た二人の落ち人(ヒジリとハルキ)は、割とどこにでもいるような少年だった。いや、頭に箱入りな、とつけてもいいかもしれない。

どこか大人しそうな印象の少年と、やたらと鋭い目つきの少年というちょっと人目を引きそうな組み合わせであったが、これといって何かをやらかすようには到底見えない。けれどその認識が誤りであったと実感するのは、顔を合わせたすぐ後のことだった。

支部とはいえ冒険者ギルドを束ねるものとして、それなりの修羅場の一つや二つは経験してきたフレーラ。だがまさか、ここまで怒涛(どとう)のように問題が押し寄せてくるとは予想だにしていなかったと、フレーラはため息を呑み込んだ。

ダンジョンの魔物部屋の情報から始まり、ボスや炭酸水、そしてマーボンフィッシュ。

聖たちがもたらした数々の新しい情報は、確かにフレーラの心を沸(わ)き立たせたのだが、その後の苦労は別であった。

「やっと、一段落かしら……」

サンドラス王国との交渉も無事終わり、納品のために出発するギルド職員のウィクトと一緒に、あの二人も明日ダリスを出ることになる。それで少しだけ肩の力を抜くことができる、とフレーラは昨日のことを思い出し苦笑いを浮かべる。

昨日の夕方、いつものようにギルド内の様子を見るために一階に下りたフレーラの耳に届いたのは、冒険者たちのこんな声だった。

『や、俺さっき変な奴ら見てよ』

『……ひょっとして、アレか？』

『お前も見たのか？　悪魔の魚釣ってる奴』

『私も見たわよ。すごい嬉々として釣りまくってたわ。何あれ？』

『……特に依頼とかなかったよな？』

『いや、ていうかどんな依頼だよ！　嫌がらせにも程があるって！』

『だよな！』

その瞬間、フレーラは膝（ひざ）から崩れ落ちそうになったのをなんとか持ちこたえた。

決して態度にも表情にも出すことなく踵（きびす）を返し、部屋へと入ると扉を閉じる。

そして思わず言葉を零した。

「……本当に隠す気とか、あるのかしら……？」

そう、あれだけ面倒くさいことには関わり合いたくないと言っていた割には、落ち人であることを隠す気がゼロじゃないかと思われるような行動。

いや、もしかしたら「もうすぐダリス離れるし釣れるだけ釣らないと！　美味しいし！」とか思っている可能性もある。というかそれが正解な気がしてならないのはなぜだろうか。

冒険者ギルドでは、日々さまざまな情報が行き交う。ちょっと変なことをした者がいたとしても、本人たちがいなくなればいずれ忘れさられていく……本来は。

けれどおそらく、そう遠くないうちにマーボンフィッシュは大々的に売り出されるだろう。もちろんギルドにもたくさんの依頼が来ると予想できる。

その結果、どこかであの二人の奇行に結びつけてしまう者が出てこないとも限らない。

「はあ、どこまで時間が稼げるかしらね……」

早々にダリスから出すように仕向けてよかったと、フレーラは今度こそため息をついた。

ダリスの領主、スティングはまだ三十代の若者である。先代が早くに亡くなったために早々に跡を継がなければならなくなったが、先代からの付き合いのあるフレーラとの仲は比較的良好だ。

どのくらいかというと、訪問依頼を出した翌日にはこうして向かい合えるくらいであった。

「で、このダリスの特産にできるかもしれないものがある、だったかな？」

「ええ、ぜひ」

そう言ってフレーラは二枚の皿を取り出し、テーブルへと載せる。

皿にそれぞれ載せられているのは、聖たちに提供してもらったマーボンフィッシュの煮つけと焼いたもの。それをあらかじめ身だけをほぐした状態で持ってきていた。

フレーラは興味深げなスティングの前で毒見もかねて一口食べて見せ、彼にも勧める。

そして何の疑いもなく、一口食べたスティングは驚きに目を見張った。

「っ、これは⁉」

そうしてもう一口、さらに一口。半分ほど食べてようやく止まると、鋭い視線でフレーラを見据える。

「フレーラ、これは何だ？」

「マーボンフィッシュです」

「ぶっ⁉」

即答したフレーラは、目の前で咳き込む彼の様子をにこやかに見つめる。そして、己の味わった驚きの一部だけでも知ってもらってよかったと、少々意地の悪いことを思いながら口を開く。

「ええ、あの悪魔の魚と評判のマーボンフィッシュですが何か？」

「何かって、君は私を殺す気か⁉」

「死んでないじゃありませんか」

「そういう問題じゃないだろう⁉」

「問題なんてありませんよ、だって本当に『何も』問題などないじゃないですか」

そう言っていつものようにおっとり微笑むと、スティングがはっとしたように皿を見て、そしてフレーラを見据える。

「……どういうことだ」

「情報元は明かせませんが、偶然正しい処理方法が判明しました」

フレーラはそう言って、マーボンフィッシュを取り出す。

テーブルが多少汚れたことに若干スティングが嫌そうな様子を見せるが、そこは気にしない。

そして目の前で、その明らかに食べてはいけない感を醸し出す魚に、レモの実の果汁をかける。

「……！」

その変化は劇的だった。もはやどこからどう見てもあの禍々しさは感じられない。

「驚いたな、それはレモの実か？」

「ええ、たまたま狩ったマーボンフィッシュに偶然レモの実がぶつかったそうです」

「……『たまたま』で『偶然』か」

そんな奇跡的なことがあってたまるかと言わんばかりの視線を感じるフレーラだが、にこやかに笑みを浮かべるだけ。それにスティングはため息をつく。

「その情報元とやらが今ここにいないということは……すでにダリスを離れた後か？」

「ええ、ご推察の通りに。繋がりを望まない者たちですのでご配慮を」

「……なるほど、ならば残念だが仕方がない」

「それで、これはどうされますか？」

「ああ……」

どうするもこうするも、スティングの答えなど一つしかない。やっかいなことを持ち込んでくれたことに対する憎々しさと、それ以上の幸運をもたらしてくれたことに、スティングはただ笑う。

それが、フレーラへの返答だった。

そして、その後はフレーラにとって思い出したくもない怒涛の一か月となった。

各ギルド支部への落ち人に対する諸々の通達から始まり、王へと献上するためのギルドから出せる情報の整理。それに伴う情報の規制。

さらにダリスから旅立ってすぐにウィクトからもたらされた、聖たちが捕らえた盗賊たちの情報をはじめとした報告。

ちなみにその間一番フレーラを苛立たせたのは、ウィクトからの定時連絡の中身だった。

『もうめっちゃ美味いんですってこれ！』

『なんですか、タケコを食べるもんやないなんて嘘やったんですよ！』

『今日のご飯も絶品で最高や！』

などなど、とにかく食べ物に関するものばかり。

そんな状況だったので、戻ってきて若干じゃないほどしょんぼりとしたウィクトだが、問答無用で仕事を積み上げたフレーラに、罪悪感は全くなかった。

そうして今日、ようやく何もかもが一段落ついた。

王都から戻ってきたスティングの話によると、王はたいそうお喜びだったとのこと。

どの程度かというと、即座にマーボンフィッシュを狩るために騎士団を動かそうとした挙句、宰相に止められ王妃に説教されたとか。

気持ちはわかるがちょっと落ち着いてほしいと、フレーラは思う。いったい何のためにダリスの領主から献上という形をとったと思っているのか。

実は、マーボンフィッシュはこのダリス地方にしか存在していない魔魚である。よってダリスが欲しいのは定期的な依頼という名の利益。それを王によってすべて取り上げられては大赤字になってしまう。まあ、宰相と王妃がいる限りそんなことにはならないだろうが。

そんな背景はあったが、無事に王と領主からの褒賞金も受け取り、フレーラはデウニッツ支部へと通信を入れる。

マーボンフィッシュの件を伝えてきた時にギルドから支払われた金額に聖たちは驚いていたが、もたらされる利益から考えればどう考えても少ない。

それはギルドと国の立場の違いによるものであったが、国からお金が支払われることについてフレーラは特に伝えていなかった。もちろんウィクトも。

特に理由があったわけではない。ただ、この世界に住まう者……というか冒険者からすると、功績に応じて褒賞金があるのは当たり前なので、その必要性を感じていなかったのだ。まあ、うっかりしていた、ということなのだが。

そんなわけで、聞いていた状況から一段落ついた頃だろうと予想して見慣れた毛玉、もといラジハルに連絡を取ったフレーラだったのだが——

「大変です!!　突然魔法陣が現れて聖と春樹の姿が消えました!!」

そんなグレイスの報告を聞いて、フレーラの笑顔は固まり、思わず胸中で叫んだ。

(だ、か、らっ、落ち人は!!　どうしてそうなの!!)

——そしてこの時、今後も絶対にやらかすと直感したフレーラが、聖と春樹のやらかしの対処はすべてウィクトにさせようと勝手に決めるまで、そう時間はかからなかった。

2章　魔王国

ふっと意識が浮上した気がした。すぐさま目を開けた聖と春樹の二人は、なぜか眼前に迫るシャンデリアに目を瞬かせる。

だが次の瞬間、ふわりと浮かんでいたその体は、当たり前のことだが重力に逆らうことなく落下した。

「「……うわぁぁぁぁっ!?」」

——そして、びっくりするほどの衝撃を、体に感じた。驚きすぎて、動こうにも体も意識もついてこない。というより、何が起こったのか理解できない。

それでも数度深呼吸を繰り返した聖は、ゆっくりと体を起こす。

「いった、く、ない？」

「聖、大丈夫か？」

「……うん、平気。ていうかさ」

同じく大丈夫そうな春樹の姿に安堵し、そして上を見る。

「……あの辺から、落ちた気がするんだけど……」

「……だよな……」

揃って見上げた先には、一瞬だけ見えた気がするシャンデリア。それは結構な高さにあり、そこから落ちても無事なことに驚きを隠せなかった。

「よく無事だったよな、さすが異世界」

「うん、異世界っていうか大丈夫な体になってることが驚き」

個人差はあるがレベルが上がるにつれ、ちょっとやそっとのことでは死ななくなるというのは本当らしいと、改めて実感する。

「……ていうか、ここどこ」

「すごい広い空間だよな」

「僕らって確か、デウニッツにいたよね」

「いたな」

箒に印を貰って、その奥の部屋で壁の文字を見ながらグレイスと会話をしていたことは覚えている。

「床に文字っていうか、なんか光ってたような……？」

「わかった！　これはテンプレ召喚魔法だ！」

「は？」

思わず、冷めた声が聖から出た。だが春樹は気にしない。

「きっと巻き込まれ型のテンプレ展開だ！」

意味がわからないと首を傾げる聖に、異世界転移ものは何らかの形でいろいろと騒動に巻き込まれていくのがテンプレなのだと春樹が補足する。

『何らか』というのがミソなんだとか。

だが、巻き込まれた側はたまったものではなく、迷惑の一言だろうと聖は思った。

「……どうやらお客人は『落ち人』かの？」

「「――っ!?」」

突如後ろから響いた声に、二人は驚き振り返る。

気配に気づけなかった春樹が表情を硬くするが、次の瞬間、聖と共に驚きに目を見開いた。

「すっごい美人がいる」

「異世界ってすげーな」

美人。すべてはこの一言に尽きた。

流れるような銀糸の髪に、すべてを見透かしそうな赤いルビーにも似た瞳。どんな言葉を尽くそうとも言い表せないほどに整った造形は、まるで現実味が感じられない。

それを聖と春樹がぽかんとした表情で見ていると、その美女はどこか困ったように首を傾げる。

「とりあえず、そこから退けてくれるかの？　さすがに可哀相（かわいそう）じゃ」

「「え？」」

その言葉に二人は首を傾げ、下を見る。そして――

「「――あ」」

「……ぐ……ぃ……」

床からうめき声が上がった。

その声に、誰かを潰しているという事実に気づいた二人は硬直する。

けれどすぐさま我に返り、慌ててその上から退いて、全力で謝り始めた。

「本当に、本っ当に、ごめんなさい!!」

「……悪かった。マジで悪かった」

「ええと、いや、たいしたことないから気にしないで。というか、こっちこそ申し訳ない」

謝り倒す二人に苦笑いしたのは、黒髪黒目の青年。

元の世界で見慣れた容姿に、聖と春樹がすぐに同郷の出であると理解し名乗ると、彼は驚いたように目を丸くして名乗り返した。

「……そっか、いるんだ。あぁ、僕は――」

彼の名前は田中大地、二十歳。イースティン聖王国によって召喚された勇者とのこと。

聖が試しに主夫の目を使うと、【なんか勇ましい者】という表示が出る。隣では春樹も確認したのか、「そのままかよっ」と小声で突っ込んでいた。

続いて、現実味のない超絶美人も名乗る。

彼女はシルビア・アルデリート。驚くことに、アルデリート魔王国の女王であった。そしてここは、そのアルデリート魔王国の王城なんだとか。

そもそもデウニッツにいたはずの自分たちが全く違う国にいることに、聖と春樹は心底驚いた。

そして、なぜ聖と春樹がこんな事態に陥ったのかというと、原因は勇者である大地にあった。

大地がこの世界に召喚されたのは、約二か月前。

勇者として召喚され、民を苦しめる魔王を倒してほしいというなんともお約束な話を聞き、さらに元の世界に戻る方法は魔王に奪われたと説明されたらしい。

実に胡散臭い話だとは思いつつ、基本的に善人であった大地は承諾した。というかそうするしかなかったというのが事実ではあるのだが、とにかく承諾。

ちなみに一緒に少女も召喚されていて、そちらは聖女と呼ばれていたそうだ。

そして、寝食を忘れて訓練に明け暮れていた大地だったが、今日、いきなり「魔王への道が開けました！」と言われ、アルデリート魔王国の王城に飛ばされた……とのこと。

「……ああ、だから突然わらわの前に現れたと」

すぐに道を閉じねば、とどこか疲れたようにシルビアは呟く。

それに大地は土下座する勢いで頭を下げた。

「本当に申し訳ないっ」

「ほぼ洗脳されていたようなものじゃ。気にするでない」

「しかしっ」

どうやら大地は飛ばされる直前、「魔王の眼前へと道を開きます。すぐに全力で攻撃できるようご準備を」と言われていたらしい。

戦うこと以外の情報を全く与えられていなかった大地は、言われるがままに目の前にいたシルビアに向かって全力で攻撃していた。まあ、結果はあっさりと避けられたのだが。

そうして、早く帰りたい一心で戦闘へと突入したのだが、一向に魔王に攻撃が当たる気配がなく、焦った大地が使ったスキルがこれである。


【希望の種】

現状を打破してくれる何かを召喚する。


まさに起死回生の、一度しか使用できないスキルだった。

しかしそれによって召喚されたのが、なぜか聖と春樹であり、大地は降ってきた二人によって潰されたのである。

考えようによっては、戦いが中断されたことで、結果的に現状が打破されたとも取れるのだが、なんとも微妙なスキルだった。

「しかし、あの国にも困ったものよの」

シルビアがそう言ってため息をつく。

アルデリート魔王国の民の多くは魔族ではあるが、その他の種族も多い。

魔人族をはじめとした魔族と人間が争っていたのは、遥か昔の出来事。

今のアルデリート魔王国は、ほとんどの国と友好的な関係を築いている。

けれど、人族至上主義を掲げるイースティン聖王国はそれを認めない。

海を挟んで隣り合っているからか、あるいはアルデリート魔王国がとても豊かだからか、イースティン聖王国は昔から何かと因縁をつけ、領土を奪おうとしてきていた。

「昔は国として抗議もしていたのだがの、本当にうっとうしくてうっとうしくて、今ではもう無視一択じゃ」

シルビアがひらひらと手を振る様（さま）は、完全に虫を払うかのようで、うっとうしさが伝わってくる。

「本当になんか嫌な感じだね、あの国」

「そうだな、なんか胡散臭いよな」

聖と春樹の言葉に、大地も同意するように頷く。

「確かに、ものすごく追い込まれていたからわからなかったけど、今思えばすごく変な国だったな……虐げられている、と言っていた割にはあちこちやたらと煌（きら）びやかだった」

「あの国の王族は昔から豪華絢爛（ごうかけんらん）を好むからの」

実はそれで財政難に陥っているのだが、原因は魔族による圧力だと言い張っている。もちろん、それを信じているのはイースティンの国民だけである。

そんな国だが歴史だけはやたらと古く、さらに無駄に広大な領土を持っているため、周囲の国は無視できないのが現状だった。アルデリート魔王国は無視の一択だが、それは海を挟むがゆえの例外だ。

「それでダイチと言ったか、そなた、これからどうするのかえ？　ちなみに言っておった元の世界とやらに戻る方法なぞこちらにはないがの」

「……そう、ですね」

大地は考えるように一瞬俯き、そして何かを決めたのか顔を上げてシルビアをじっと見る。

「僕をこの国に置いてください。あの国にはもう、戻りたくありません」

もしかしたら、元の世界に戻る方法はイースティン聖王国にあるのかもしれない。けれど、たとえこのまま戻ったとしても、自由を与えられることはないだろう。

であれば、あの国から離れ、この世界の正しい知識を得ることが必要だ。

そう考えての結論だった。

「……ふむ、まあそれは構わんが……」

「――それに騙(だま)されていたとはいえ、あなたのような可憐(かれん)な方に攻撃してしまったのは事実。罪を償(つぐな)わせてください」

「つか、可憐!?」

「こんな可愛らしい方が国を治めているなんて、本当に大変な苦労があると思います。それなのに僕がしたことは……」

「可愛らしいっ⁉」

ものすごく真面目に後悔している青年と、なぜか頬を染めて身悶え始める美女。

突如繰り広げられた光景を見ながら、聖と春樹は揃って首を傾げた。

内心は『なにこれ』という言葉で揃っている。

さらに、『恋とは落ちるものである』という言葉を唐突に思い出した。

まさかその瞬間を見ることになるとは想像だにしていなかったが。

そしてこの場合、部外者のとるべき正しい行動など一つしかない。

距離を取る、それに尽きる。

「なんだろうね、あれ」

「そうだな、噛み合ってないよな」

やや、というかだいぶ距離を取りつつ聖と春樹が眺める先の光景は、先ほどと変わらない。

そんな中、春樹が若干呆れたように口を開く。

「つか大地さん、言葉の端々にいちいち『可愛い』だとか『可憐な』だとか付けるのは癖なのか？」

「あー、そうかもね。しかもそれが女王様のツボっぽいし」

「言われ慣れてませんからね、お嬢様」

「そうなんで、す、ね？」

するりと割り込んできた聞き覚えのない声に、聖が不思議に思って横を向くと、いつの間にか知らない人物がいた。

すらりと伸びた背筋。きちっと着こなされた燕尾服。そして片目にはモノクル。つまり、リアル執事。

だが、聖が言葉に詰まった理由は、その格好でも、ましてや突然現れたことでもない。

「驚かせてしまい申し訳ございません。私めは骨人という種族にございます」

そう、その人物は骨だったのだ。

大部分は服で隠れていて見えないが、手や顔は完璧な骨であり、口を開くたびにカクカクという音がどこかから聞こえてくる。

この異世界に来てから聖も春樹もそれなりに他の種族を見てきてはいたが、流石に今回の驚きは別格だった。主に、どうやって生きてるんだこれ!?　という方向で。

「私めの名前はセバスチャンと申します。お嬢様のじいやでございます」

「え？　しつ」

「じいやです」

「でも、格好と」

「じいやです」

「「あ、はい」」

頑なに「じいや」呼びにこだわるセバスチャンの、なにやら逆らっちゃいけない感に押し切られて二人は頷く。

それにセバスチャンは満足げに頷くと、どこからともなく取り出した布を床に広げ、そしてお茶を淹れ始めた。

「どうぞ、しばしお寛ぎください」

「……いいんですか？　あのままで……」

少し離れたところで繰り広げられている相変わらずの光景をちらりと見ながら聖が聞くが、セバスチャンは緩く首を横に振る。

「お嬢様の、万年氷の雪解けよりも遅い春にございます。これは楽しませて、と失礼、お邪魔をするわけにはまいりません」

「……え？　楽し」

「お邪魔は致しません」

「あ、はい」

おかしな言葉が聞こえた気がするのだが、おそらく深く追及してはいけないのだろう。

そう理解した二人は考えないことにして、促されるままそこに座り、そしてお茶をいただくことにする。

「どうぞ、こちらは我が国自慢の名産品にございます」

「いただきます、って」

「おい、これ」

口をつけようとした聖が止まり、春樹がセバスチャンに向き直る。

「やはりおわかりになりますか！　これは、過去の落ち人さまからもたらされたものでございます」

深緑色をした液体から香る、ひどく懐かしく、落ち着いた匂い。一口するするように飲めば、ほのかな甘さの中に残るほんの少しの渋み。思わずほっと、一息ついてしまう。

そう、これはまさしく――

「『チャンティー』と言います」

「「は？」」

「『チャンティー』でございます」

聞き間違いか、との思いから聞き返した二人だが、返ってきた答えは変わらなかった。

え？　茶なの？　ティーなの？　ていうかなんで二回も言ってるの？　という混乱が二人の脳内を駆け巡る。

聖たちからしたら、どこからどう見ても『緑茶』。なのに『チャンティー』。これも落ち人のやらかしなのだろうか？

「なんでも完成した際に、落ち人さまが仰られたそうです。『これがチャンティーだ!!』と……違うのでしょうか?」

「あ、いえ、間違いというわけでもないで、す?」

「そう、だな。間違っても、いない、ような?」

だって、茶である。ティーでもある。

完全なる間違いでないことが、二人から完全否定の言葉を奪う。

いったい過去の落ち人は何を思ってそんな言葉を発したのだろうかと、首を傾げてしまうが答えがわかるはずがない。

「ですよね」

「間違いでないのならいいのです……まあ、今更違うと仰られましても変更はできませんが」

「ああ、よろしければ畑にもご案内しましょうか?　あと、落ち人さまの手記などもございます」

「いいんですか!?」

「それはぜひとも!　ていうか、手記って何が書いてあるんだ?」

春樹が目を輝かせて尋ねるが、セバスチャンは首を横に振る。

「わかりかねます」

「は?」

「私どもには読めませんので」

やや残念そうな様子に、二人は揃って首を傾げる。

「なんか言葉で伝わってたりしないのか？　それでなくても文字の解読とかしなかったのか？」

春樹は思わず疑問を口にする。

元の世界でも昔の言葉を解読する人はいたし、実際読めるようにもなっている。だからこその問いだったのだが、セバスチャンは再度首を横に振る。

「とてもではございませんが難解すぎまして。それになぜか、落ち人さまたちの中に、お言葉を教える方はいらっしゃらなかったと聞いております」

「「……」」

確かに日本語は難しい。しかも平仮名とカタカナと漢字の三種類もある。よくテレビで、日本語は難しすぎる！　と嘆く外国人を見たことを思い出し、二人は納得した。

「あー、確かに難しいよね」

「それにたぶん、言葉に不自由しないから教えるとか考えなかったんじゃないのか？」

「かもしれないね」

落ち人は基本的に、この世界の言葉を何不自由することなく話し、読めてしまう。

しかも本人たちにはその言語を使っているという認識もないのだ。元の言語を使わなくてもいいのなら、わざわざ教える人がいなくとも、何ら不思議はない。

デウニッツで、あの塔の奥の部屋で壁に書かれた文字を読める人がいなかったのも、それが理由かもしれない。

「あ、ちなみにこのチャンティーって購入することはできますか？」

「もちろんそれは可能ですが、いくらかお土産に差し上げますのでお持ちください」

「いいんですか？　……っていうか今更なんですけど、僕らってかなりの不審者ですよね？」

　本当に今更なのだが、実に好意的に進む会話に聖はふと我に返り、遅れて春樹も苦笑いする。

　城の、しかも女王であるシルビアがいたことからかなり深部だろう場所に突然降ってきた二人は、どこからどう見ても立派な不審者だ。大地のように、いきなり攻撃を仕掛けたりしていないからまだマシかもしれないが。

　だが、セバスチャンはなんら気にすることはなく言い切る。

「問題ございません。落ち人さまとはそういう存在でございます」

　全く腑に落ちない理由に、聖と春樹の頬が引きつる。

「ああ、それにお二人やあちらの勇者さま程度の方が何かなされようとも、どうにでもできますから」

「「あ、はい」」

　付け加えられた言葉に、二人は思わず姿勢を正す。落ち人でなければどうにかされていたのだろうかと、そして「そういう存在」である落ち人でよかったと、心底思った瞬間だった。

　そうして、しばし若干の緊張と共に寛いでいると、いつの間にやら堂々巡りの話し合いは終わったのか、実に幸せそうなシルビアが、大地にエスコートされこちらへとやって来た。

セバスチャンが一礼する。

「おめでとうございます、お嬢様」

「……いたのか、じいや」

「もちろんでございます。このじいや、お嬢様のこんなおもしろ、ではなく決定的瞬間を見逃すわけにはまいりません」

「今の言葉のどこに言い直した意味があったのかの？」

「何を仰います。老い先短いこのじいやの、せめてもの楽しみでございます」

「……骨人の寿命は確か千年ほどだったと記憶しておるのじゃが？」

「ええ、あと四百年ほどが老後にございます」

「………………」

そんな主従の会話を耳に入れつつ、聖と春樹は離れた位置で、大地にどうなったのかを聞いていた。

「結論から言うと、結婚することになったよ」

スピード婚すぎた。この数分でなにがどうしてそうなったのか、聖たちには到底理解できない。

「なんかこの先、彼女ほどの女性に出会える気がしなくて。可愛いし」

あっけらかんと語った大地は、憑(つ)き物が落ちたかのような、実に清々(すがすが)しい表情を見せている。

なんでも、謝り続けている途中で頬を染めているシルビアの姿が目に入り、それに気づいたシルビアも大地の瞳をじっと見つめ返したらしい。

そうしていつしか言葉もなく見つめ合って、気づけば大地の口から「結婚してください」とプロポーズの言葉が出ていたとか。もちろんシルビアの返答は「はい」だ。

「「……」」

なぜだろうか、とても塩辛いものが食べたいと、聖と春樹は微妙な表情で大地を見る。

もちろんこの世の春を噛み締めている大地には、そんな二人の胸中などわかるわけがない。

「僕はこの世界に骨を埋めることにしたよ。帰りたい気持ちもあったけど、それより大事な人を見つけたしね」

「あ、そうですか」

「うん、まあ、いいんじゃないか？」

どんな選択をしたとしても、それは個人の自由。聖にも春樹にも、それをどうこう言う気は欠片もない。

ただ、ものすごく塩辛いものを欲しているだけで。

「えっと、おめでとうございます」

「幸せであることを祈る」

「ああ、本当にありがとう！」

嬉しそうに笑う大地に笑みを返しながら、聖と春樹はレモの実でも食べようかな、と割と本気で考えていた。


そんな勇者と魔王の戦い（お見合い）の後。

聖と春樹は、城に用意された一室で、ベッドに倒れ込むようにして眠りについた。

怒涛の展開に、流石に疲れがたまっていたのだ。

そして、翌日である今日、セバスチャンによって案内された応接間で、とある手帳を渡された。

それは、こんな内容だった。

□　□　□

――まずは、ようこそこの世界へ。

これが読めるってことは、おそらく同郷の出だろう。

だから聞くが『チャンティー』はもう飲んだか？

飲んだってことで話を進めるが、あれについて一言だけ言わせてくれ。

あれの生産者は俺だが、命名は断じて俺ではない！

だれがあんなふざけた名前付けるか！　すべてはあのクソ骨がっ‼　……と、悪い、まずは自己紹介でもして落ち着こう。うん、落ち着け俺。

俺の名は千野利久、読みは「せんのりきゅう」だ。

言いたいことはよくわかるがまずは置いておく。


俺がこの世界に来たのは、確か二十五歳の時だ。

寝て起きたらなぜか森の中。夢だと思って二度寝した俺は悪くないだろう。さすがに三度寝はしなかったが。

全く何も理解できない状態だったが、運よくこの国の人に助けられた。特に人、人？　というか骨？　にはとても恵まれた……恵まれたんだよな？

最初は文化というか何もかもが違いすぎて戸惑ったが、時間が経てばそれなりに慣れた。

だが、ただ一つだけ、どうしても我慢できないことがあった。


茶だ。

茶がない。

俺の愛する緑茶がどこにもない！

というのも、俺の家は代々茶農家であり、俺はそこの四男だった。

だからあんな名前が付いたのだが……まあ、それは別にいい。すぐに覚えてもらえる素晴らしい名前だ。

とにかく、俺にとって茶とは生活の一部だ。

風景には常に茶畑が、風には茶の香りがある。

そして日々飲むのは、最高に美味い緑茶だった。

だというのに、この世界のどこを探してもそれがない。

だから俺はこの世界で茶畑を作ることにした。

幸い、というかなぜか俺のアイテムボックスには茶の種子が入っていた。

これはもう、天の采配。俺に茶を作れという神のお導きだと思ったね！

そんなわけで始めた茶づくりだが、もちろん最初からうまくはいかなかった。

この世界の土や気候に合うように、何度も何度も試行錯誤して、納得いくものができるまで十年かかった。

だが、その甲斐あって最高に美味い緑茶ができた。なぜか緑茶以外にはならなかったのだが、それは些細なこと。問題ない。

で、ここで最初に戻るわけだが……あの瞬間、最高の茶ができた瞬間、俺は思わず天に向かって叫んだのさ。

『これが茶だ！　これがティーだ！』と。


……それが何をどう間違ったのか、数日後には『チャンティー』として広まっていた。

なんなの『チャンティー』って。

茶なの？　ティーなの？　なんでそんなにまで茶であることを念押ししてるの？

そもそも茶の生産は、この国の支援によって続けられていた。

それが成功したとなれば、すぐさま城へと報告が届く。そこで発生したのが、この伝言ゲームによる恐ろしき言葉の勘違いだったのだ。

当然、事前に正しい名前を伝えていた俺はすぐさま抗議した。

したのだが、あの骨はっ！

なにが「こんなオモシロ、いえ、語呂のいい名前ではありませんか」だよ！

お前、俺が『茶』を作ってたって知ってたよな？　なにがどうしてこんな名前になったのか理解できてたよな？　なのに『チャンティー』で広めたんだよな⁉


ふ・ざ・け・ん・な。

完璧にお前が面白がった結果じゃねぇか！

顔色も何も読めなくても、雰囲気が完全に笑ってんだよ！

何が老後の楽しみができました、だよ！

六百年もあるのに老後とか言わねぇよ!!


……ああ、悪い。ちょっと取り乱した。

これを読んでるのがいつの時代の誰で、どういう理由でここにいるのかは知らんが忠告だけはしておく。

あの骨な。どう見ても執事って言いたくなる骨な。アレに会ったら要注意だ。

アレは楽しいこと大好き、人をおちょくるのが生きがい、どうやったら面白く料理できるのか、そんなことを常に考えて人生謳歌(おうか)してる骨だ。

確かに頼りにはなるし、非常時には本っ当に、助けになる。

でもな。

……でもな。

おもちゃになるか同類になるか、どっちか決めてから付き合え。中途半端な覚悟で付き合うと振り回されるというか、ぶん回される。いや、マジで。

あいつが天寿を全うした後の時代か、心当たりがなければ無駄な忠告だけどな……無駄だといいなー。

まあ、言い始めるときりがないし、非常に納得いかないことも腑に落ちないことも多々あるが、俺はそれなりに人生楽しんで生きている。

だからせめて祈ろう。

今、これを読んでいるのが、望んでこの場所にいるのか、それとも絶望しているのかはわからないが、楽しく幸せな人生でありますように――

□　□　□

読み終えた聖と春樹が、思わず無言で目の前の骨、ではなくセバスチャンを見つめたのは仕方のないことだろう。

思いの丈をこれでもかと詰め込んだ、ものすごい殴り書きの手帳だった。

「おや、どうかされましたかな？」

何とも言えない二人の微妙な視線に気づいたのか、首を傾げるセバスチャン。どことなく楽しげな雰囲気が滲み出ているのを感じながら、聖は確認のために口を開く。

「えっと、この落ち人と面識、ありますよね？」

「ああ、これは私としたことがうっかりお伝えしておりませんでした！　年は取りたくないものですね、申し訳ございません」

絶対うっかりではないだろう。この手記からすると、何一つ忘れることなく隅の隅まで確実に覚えているタイプだと聖は察し、春樹も若干半眼になっている。

だがそんなものを骨、ではなくセバスチャンは気にしない。

「リキュウさまは、それはそれは弄りがいのある、失礼、とても真面目でチャンティーに並々ならぬ情熱を傾けるお方でした。いやぁお懐かしい」

カタカタと実に楽しげに笑うセバスチャンを前にした聖と春樹は、たぶんものすごく遊ばれたんだろうな、と過去の落ち人の苦労をそっと偲んだ。

その後は城を出て茶畑に案内されたのだが、茶畑に辿り着いた瞬間、聞こえ始めたのはこんな声だった。

おれたちゃ　みてるぜ　♪
みんなで　うたうぜ　♪
それがおれたち　ちゃ　チャン　ティー　♪

独特なリズムに合わせてわっさわっさ揺れ動く木々から、その声は聞こえていた。

口が見えないので、どこから声が出ているのかは謎である。

そうして歌を聴くことしばし、唐突に歌声と動きが止まり、木々は全く動かなくなった。

あまりのことにフリーズする二人を見て、農園で働く農作業ルックの骨人たちが笑う。

「おお、お客さんかい？　目、合わせたんだろ？　気をつけないとずっと歌い続けるぞー」

そんなことを言いながら再び作業へと戻る。

「「……………目？」」

「おや、見えませんか？　あの葉っぱ一つ一つにあるつぶらな瞳が」

首を傾げた聖と春樹だが、セバスチャンの言葉を受けて、目を凝らして葉を見つめる。

再び大コーラスが起こるがとりあえず気にしない。そして、ようやく気づいた。

「え、目？　キラキラしてるのって、目!?」

「なんか反射してるのかと思った……」

「ええ、あれが目でございますね」

朝露が太陽の光を受けて輝くがごとくキラキラしているのが目。全部、目。

そうと認識した瞬間、二人の背筋がぞわっとした。

なにせ無数の目が、こちらを見ているのだ。言い知れない恐怖心が湧き上がり、二人は無理やり視線を逸らした。

「あの、ちなみになぜあの歌を……？」

「あれはリキュウさまが好んで歌っていたものですね。それを聞きながら育ったためにああなったのでしょう、もちろん歌詞は違いますが……歌いやすいようにアレンジしたのでしょうね」

軽く言われたが、聖と春樹の感想はやはり「さすが異世界」の一言だった。

喋る野菜があるのだ、歌う木があってもいいだろうと、無理やり己を納得させる。

「他に何か聞きたいことなどはございませんか？　落ち人さまにとって、この世界は不思議なことがたくさんあると聞いておりますので」

不思議なことがたくさん、というか不思議しかないのだが。

（んー、なんか今なら聞いてもよさそうな気がする……？）

何となくだがそんなことをふと思った聖は、なぜか今まで誰にも聞かなかった問いをセバスチャンへと投げかけた。

「じゃあ、包丁ってありますか？」

「ほうちょう……ああ、【包丁】でございますか？」

発音から正確に伝わっているだろうことは察したが、なぜか戸惑ったような雰囲気を感じた二人は首を傾げる。

「いや、他にないだろ包丁なんて」

「包丁は……包丁だよね？」

「そうでございますね、【包丁】ですか……」

ふむ、と顎に手をやり、セバスチャンは何かを考えるような仕草をしたのち、口を開いた。

「少々、お嬢様と相談いたしますので、明日までお待ちいただけますか？」

「「あ、はい」」

包丁で相談しなければならないこととはなんだろうかと思ったが、聞ける雰囲気ではなかったので二人は口を噤み、去っていくセバスチャンを見送った。

「……もしかして包丁って、僕の知ってるものとは違うのかな？」

「……それはない、と言い切れないのが、異世界だな」

いったい何があるのか戦々恐々としつつも、城に戻るにはまだ時間が早いので、セバスチャンに教えてもらった、この王都の冒険者ギルドへと向かった。


ギルドの中に入ると、二人は隅の方にある受付に行きカードを渡す。すると、カードを確認したギルド職員である骨人が、どこか楽しそうに告げた。

「わたしがここでの専属、アントレラよ。よろしくね」

そう名乗った骨人は、口調や服装から察すると女性だった。

（……女の人、だよね？）

（……たぶん……）

聖と春樹は、アントレラにわからない程度にさりげなく、そう目線で会話する。

どうやらこの王都は、骨人の割合が高いらしい。

もちろん他の種族もいるが、ここに来るまでに二人が目にしたのは、ほとんど骨人だった。ギルド内でも骨人率がとても高く、見える範囲にいる職員に至っては全員骨人だ。

特に骨人に対して偏見はない二人だが、誰が誰だか見分けがつかないのが問題だった。

なにせ骨である。

どんなにしっかり見ようとも骨は骨で、骨格の違いと言われても専門家じゃないのでわからない。

そのため、服装や声でしか判別できず、とにかく難しい。

そんなことを思っていると、アントレラがなにやらしみじみとした表情で語り始めた。

「うんうん、やっぱり落ち人よね。とくにヒジリさん、あなたの黒髪は、あの人によく似てるわ」

「「はい?」」

思わず、首を傾げる。あの人、と言われても当然ながら誰のことなのかわからない。

この世界の髪色は多種多様だが、もしかしたら黒髪というのは珍しいのかもしれない。

だが二人に心当たりはなく、困惑の表情を浮かべる。

「あら、ごめんなさいね。話は聞いたでしょう? リキュウよ、あの人の髪にそっくり」

何やらうっとりと頭を見つめられ、さらに困惑する聖。ちなみに骨人は骨なのでもちろん髪などない。

「えっと、あの?」

「あらあらやだわ、わたしったら」

きゃっ♪　と言わんばかりにアントレラは両手で顔を覆う。

骨が照れている……たぶん。

なんとも言えない光景が、そこにはあった。

「改めて、正式に名乗るわね。わたし、リキュウの妻でございます」

「「……は？」」

言っていることが、二人には欠片も理解できなかった。

揃って首を傾げながら、その言葉を口に出して復唱してみる。

「……つま」

「……つま？」

「妻です。リキュウは旦那様ですね。ちなみに子供は五人です」

みんな立派に育ちました、と嬉しそうに付け加えられる。そして始まるマシンガントーク。

「あの人との出会いはね、まだわたしがほんの百歳くらいの小娘だった時。熱心にチャンティーについて語る姿に一目ぼれしたの。それからはアタックの開始よ！　毎日差し入れして、お話しして、最初はやっぱり種族の違いから戸惑ってたんだけど、いつしか名前で呼んでくれて、笑ってくれるようになって、それで――」

その、惚気？　というかなんというか。馴れ初めから始まり、結婚し、子供が生まれ、そして終わりの時までを事細かにアントレラは語る。理解不能のまま混乱する聖と春樹を置き去りにして。

「――で、わたしが百歳早々に結婚したことに両親はすっごく喜んでね。兄さんなんてもういい歳なのにお嫁さんの一人もいなくって――」

お話はさらに続く。

「――で、リキュウが作ってくれたチャンティーって美容にもよくて、毎日飲んでるからもうお肌もつやっつやなのよ！」

お肌ってどこですか。

その艶光り（つやびか）してる骨のことでしょうか。

若干飽和した頭で二人がそんなことを考えていると、ようやく、ようやく何かに気づいたようにアントレラが止まった。

「――あら、ごめんなさいね。つい」

「「ああ、いえ」」

申し訳なさそうに頬に手を当てる様子に、条件反射で言葉を返し、聖と春樹は虚ろな眼差しで安堵の息をついた。

（……止まった……）

（やっと、やっと止まったっ）

二人の内心に浮かぶのはこれだけだった。

何度か止めようとしてはみたが聞く耳を持ってもらえず、通りすがりの他の職員に助けを求めるも、『無理！』と言わんばかりに両手をクロスされた。

それで、どうやらこれが日常茶飯事らしい、ということに気づき、若干絶望した。

「止めてくれてもよかったのよ？」

「『無理でした』」

「あら？」

首を傾げられても正直困るのだが、アントレラの話は全く無駄なものでもなかった。

彼女が語ったのは種族を超えた愛情あふれる家族の話だ。あの手帳にもあった通り、本当に彼は幸せな人生を送ったのだということがわかり、それだけは良かったと二人は思った。

まさか一時間近くも聞かされるとは思わなかったが。

それはさておき、一段落ついたところで、聖たちは奥の小部屋へと案内される。

そこには少し大きめの水晶があり、その中には人の姿が——グレイスが見えていた。

まだ一日しか経っていないのに、なんだか妙に懐かしく感じるのはなぜだろうか。

『あら、二人とも元気そう……って言いたいとこだけど、ちょっとお疲れかしら？』

「ちょっとね。でも元気だよ」

「あー、まあな」

そんな二人に少し首を傾げたグレイスだが、気を取り直したように少しだけ前のめりになる。

『でも本当にびっくりしたわよ！　いきなりいなくなるとか、落ち人ってそういうものだって知ってたけど、見るのと聞くのとでは大違いよね』

　どういうものだ、と思った二人だが、それが常識らしいので苦笑いしかできない。

『あ、大まかなことはそっちのセバスチャンって人から聞いてるから、話さなくて大丈夫よ』

　それは素直にありがたい。さすが、性格さえ気にしなければ頼りになると太鼓判が押されたセバスチャンである。仕事が早い。

「そういや師匠はなんか言ってたか？」

「そうだ、終わったら一度顔出すように言われてたんだった！」

『あ、大丈夫よ。なんか「ああ、落ち人だからな」って納得してたわ』

「……師匠」

『それと、一年以内に顔を出せですって。私としては話したいことがあるから、一年とは言わず、なるべく早めに顔を出してくれたら嬉しいわ』

　この国に飛ばされる前に時間が欲しいとグレイスに言われていたことを思い出し、二つ返事で了承する聖と春樹。

（ていうか、なんで師匠一年なんて長い期間にしたんだろ？）

　そのことが少しだけ聖には引っかかった。それが、ハイエルフという長寿種による感覚的なものなのか、それとも落ち人だからトラブルに巻き込まれるだろうという推測込みの期間なのか。

もちろん聖の希望は前者だったが。

『あ、それとダリスのフレーラさんからも連絡あったわよ』

「なんて？」

『渡したいものがあるから、ダリスに来たら寄ってほしいって』

「なんだろ？　早めに行くようにするね」

『うん、お願い』

聖とグレイスの会話が途切れたのを見計らって、春樹が思い出したように口を開く。

「そういや、俺らってどうやってそっちまで帰ったらいいんだ？」

『んー、そうね。一番早いのはもちろん、海を渡ってイースティン聖王国を経由してくることなんだけど……あまりお勧めはしないわね』

苦笑するグレイスに、イースティンの情報を思い出した聖と春樹も苦笑を返す。

『あ、でも人族には本当に優しい国だから全く問題はないし、ある意味安全ではあるの』

たとえ落ち人であろうとも、人族であることに変わりはない。もろもろの心情をまるっと無視すればいい国であると、グレイスは言う。

「あー、どうしよっか？」

「……どうするってもなぁ……」

『箒で飛んで回り道か、すっごく上空を飛んで通過しちゃうって手もあるけど、アルデリートってイースティン以外の国とだいぶ離れてるから、それはちょっと大変だと思うわ』

他国との距離が遠く、自給自足ができなければ成り立たない国、それがアルデリート魔王国だ。

他国との交易もないわけではないが、国としては基本的に年に数回が限度。冒険者が依頼として運ぶにしても、それはごく少量。

「そうなんだけどな」

『ま、すぐに移動するわけじゃないんでしょ？　だったら今決めなくてもいいじゃない』

『それにアルデリートって、ちょっと変わったダンジョンがあるのよ。すぐそこらしいし、行ってみたら？』

そんなグレイスの言葉を受けて、聖は首を傾げる。

「それって、僕らのランクで行けるってこと？」

『大丈夫よ、あとで聞いてみなさい』

それならばそのダンジョンに行ってから、改めてどうするのかを考えてもいいかもしれないと二人は頷いた。まあ、問題の先延ばしともいうのだが。

「どうせ急ぐ旅でもないしな」

「だよね」

『じゃ、決めたら連絡してね』

了解、と返し、グレイスとの通信を終える。

近くにいたアントレラに、グレイスの言っていたダンジョンについて聞こうと思った聖だったが、窓の外が夕焼け色に染まっていることに気づき、今日のところは戻ることにする。

「あの、ダンジョンについて、明日教えてもらってもいいですか？」

「あら、では詳細な資料を揃えておきますね」

「はい、お願いします」

そう言って、ギルドを出ようとしたところでアントレラに呼び止められる。

「ああ、それと、たまには実家にも顔を出すよう、兄に伝えてもらってもいいかしら？」

「「兄？」」

聖と春樹が首を傾げていると、アントレラは彼らに何も伝えていない兄に呆れながらも口を開き、爆弾を落とした。

「セバスチャンです」

「「え」」

二人は綺麗(きれい)に固まり、そして理解した。

千野利久。それは、『あの』セバスチャンを義兄と呼ぶことになった、強者の名であると。

この世界に来てから聖は、ずっと包丁を求めていた。雑貨屋や露店など、目につくところでは必ず探したが、なぜか見つからなかった。

けれど、誰かに聞こうという意思は不思議となく、そんな聖に春樹も何か言うことはなかった。

それがなぜかと問われても、なんとなく、としか答えられない。だがもしかしたら、今この時手に入れるために、何か勘のようなものが働いていたのかもしれない。

——そんなことを思いながら二人は、目の前に置かれたそれを見る。

セバスチャンが言った通り翌日、二人が早朝から案内されたのは、城の一室。

様々な宝石やら武器やらとにかく高価なものが所狭しと並べられた場所、つまり宝物庫と呼ばれる部屋だった。

なんでこんなとこに一般人を案内するかなっ⁉　と内心叫びつつ、促されるまま奥へと進むと、それがあった。

いかにも重要と言わんばかりに透明なケースに収められ、柔らかな生地の上にそっと置かれた包丁が。

「包丁！」

「いやいやいや！　なんでこんな貴重品扱いなんだよ⁉」

目を輝かせた聖を余所に、思わず叫ぶ春樹。

それにシルビアはなんてことないように言う。

「それは当然じゃろ。なにせ我が国の国宝じゃからの」

「『国宝⁉』」

今度は聖も叫んだ。包丁が国宝。意味がわからない。

その反応にシルビアは扇を開くと、背後に控えていたセバスチャンへと視線を向ける。

それに一礼をし、セバスチャンは二人へと向き直った。

「これは持ち主を選ぶとされております。どこかの落ち人さまがお持ちだったものだと言われておりますが、詳細はわかりません」

さらに、この国の鑑定眼持ちでは【包丁】という名前までしかわからなかったとのこと。

「それにの。わらわが知る限り、持ち主になったものはおらん」

「……やっと見つけた包丁、なのに」

しかもさらに詳しく聞くと、包丁というものはこの世界に存在しておらず、調理もナイフで行っているという衝撃の事実を聖は知らされた。道理でどこにもないはずだ。

(そりゃあ、ないよね。ないものは作らない……)

そんな希少なものが目の前にあるのだから、欲しくなるのは当然だが、国宝である。これは無理だと聖はがくりと肩を落とした。

そんな聖の横で、包丁を眺めていた春樹が首を傾げる。

「……ちなみに、持ち主を選ぶってのはどういう意味だ？」

「それは持ってみるのが早かろうて。じいや」

「承知いたしました」

促されたセバスチャンが触れると、すっと溶けるようにケースは消えた。

「どうぞ、実際に手に取ってみてください……ああ、油断なさいませんよう」

「ああ――って重っ⁉」

特に何を気にするでもなく包丁を手にした春樹だが、持った途端に襲いかかってきた予想外の重さに、慌てて両手で掴み直し、若干苦労しながらそっと元に戻す。

そして、すっと目を細めて頷いた。

「……ああ、なるほど」

「春樹？」

「聖もよく見てみろ」

「え？　ああ、うん」

なにを言われたのか理解して、聖は主夫の目を発動する。


【包丁】

名工が丹精込めて作り上げた、いたって普通の包丁。

だが、この世界に来たことによって意思を持ってしまった。

気に入らない持ち主には一欠片の気も許さないその姿は、いっそ潔い。

「………えっと」

「とりあえず、持ってみろよ聖」

「あー、うん」

意思があるのかと、何やら嫌な予感がしないでもない聖だが、春樹に促され頷く。

そして、見ていた春樹の様子から、落とさないように気合を入れて両手で持ち上げた。

――その瞬間。

「うわっ！」

「聖!?」

ものすごい勢いで魔力を吸い上げられ、ぐらりと聖の体が傾く。

だが、咄嗟に春樹が腕を掴んでくれたおかげで、意識を持ち直し、何とか踏ん張れた。

「……びっくり、したぁ」

「どうしたんだ？」

「なんか、魔力が……あれ？」

「あ？」

説明しようとしたその時、聖の脳内に《おめでとうございます。【包丁】が進化いたしました！》
という祝福のアナウンスが流れていった。

聖は一瞬固まるも、慌てて【包丁】を見直す。

【主夫の包丁】

真の主と認められた者が持てる包丁。

その切れ味は他の追随（ついずい）を許さず、切れない食材はない。

まさに伝説級の包丁である。やったね！


「…………」


聖は包丁に伝説を求めたことなど一度もない。

彼が欲しかったのは、いたって普通の、どこにでもあるようなただの包丁であって、間違っても伝説級と言われるような包丁ではない。

（……ていうか『やったね！』て、なに？　誰が言ってるのこれ⁉）

胸中で叫んで、いつの間にかこちらに背を向け、無言で肩を震わせている春樹を半眼で見る。

だがここで聖は、はっと我に返った。

「ああごめんなさい！　これ国宝！」

そう、これは国宝だった。いくら不可抗力とはいえ、完璧に自分仕様になってしまった包丁を持ちながら、聖は焦る。

だが、そんな風に軽々と包丁を持つ聖の様子を、シルビアとセバスチャンはやや驚いたように見つめたのち、感心したように頷き合った。

「まさかとは思うたが、無事に主になれたのなら問題なかろう」

「え、でもっ」

「そもそも誰も使えないものなぞ、ただのガラクタじゃ」

「ええ、なので遠慮なくお持ちになって構いませんよ」

実にありがたいことだが、あっさりと国宝を渡そうとしてくることに、聖は頬が引きつった。元はただの包丁なのだが、『国宝』というレッテルが貼(は)られていたことから、受け取ることを若干躊躇してしまう。いくら貰えるものは遠慮なく、な聖であっても限度がある。

「えっと、ありがたいですし主にもなっちゃってますけど、えっと」

「気にするでない。そもそもこれはほんのお礼じゃ」

「お礼?」

何かお礼をされるようなことをしただろうかと聖が目を瞬(しばた)かせると、シルビアが少しだけ頬を染める。

「その、わらわとダイチの仲を取り持ってくれたことに対する礼じゃ」

「礼、と言われましても……」

取り持つも何も、聖と春樹は何かをした覚えもなく、事実何もしていない。しいて言うなら召喚されて大地を潰したことだろう。その後のことは、のんびりティータイムに興じていたら勝手にまとまった話だ。

だが、シルビアどころかセバスチャンまでもが感謝を伝えてくる。

「ヒジリ様とハルキ様にはおわかりにならないかもしれませんが、我々はもう、お世継ぎは望めないのかと覚悟しておりました……こう見えてお嬢様はそれなりの年月を生きておりまして……」

「じいやは黙っておれ！」

「ですが感謝を捧げるにはやはり、きちんと理由を説明いたしませんと」

「わらわの歳は関係ないわ！」

確かに関係ないし、あえて聞く気もない。そもそも人族ではないので、きっとものすごく長寿なんだろうなというのが二人の見解である。それにきっと大地は気にしないだろうし、正直どうでもよかった。

なので口を挟むことなく、何となく生暖かい目で眺めていると、気づいたシルビアが咳払いして話を戻す。

「まあ、とにかく！　ほんの礼じゃ、気にせず持っていけ！」

「どうぞ、お持ちください」

そこまで言われては、さすがに聖にも断る気はないので、ありがたく頂戴することにした。

「それと、ハルキ。そなたは何か欲しいものは無いのかえ？」

「俺？」

「【包丁】はヒジリ様へのお礼の品になります。ですので、ハルキ様へのお礼として何か差し上げたいのですが……何か気になったものなどはありませんか？」

言われた春樹は一瞬目を丸くするも、すぐに探すように辺りを見回す。

つられて聖も何かよさそうなものないかな、と思いつつ視線を彷徨わせる。

「「あ」」

それが二人の目に入ったのは、同時だった。


【爪切り】

何の変哲もない、ごく普通の爪を切るための道具。

この世界に来たことで切れ味が落ちなくなったが、ただそれだけの、本当に普通の爪切り。


なにやら「え？　ただ爪を切ることしかできないけど、本当にいいの？　マジで？」と問いかけられているかのような内容で、その意志もビシバシと感じるが、聖と春樹には何の問題もなかった。

「「これで」」

「……それはただ爪を切ることに特化した道具だと聞いておるのじゃが……」

「「だからこそ」」

「さすがは落ち人さま。目の付け所がひと味もふた味も違います」

困惑するシルビアを余所に、「面白いですね」とセバスチャンが隠すことなく言ってくる。

しかしそんなこと、今の二人にはどうでもいい。

これは爪切り。地味に欲しかった爪切りなのだ。

何せこの異世界、爪はナイフで切るのが常識。実際やってみたが、指どころか手を切り落としそうになるし、ガタガタになる。慣れれば簡単、なんて言ってのけるこの世界の人が、聖と春樹は心底恐ろしかった。

だが、これさえあれば、そのすべての恐怖から解き放たれる。

「俺に、この爪切りをくれ！」

「……構わんが、ほんとにそれでいいのかの？」

「ああ！　これぞ俺たちが求めていたもの！　なあ、聖！」

「うん！　包丁に爪切り！　これで怖いものは無いよ！」

「ああ、無敵だ！」

まるで宝石を掲げるかのごとく爪切りを両手で持つ春樹と、この世の幸せを実感しているかのような聖。

そんな二人を前にして、シルビアはただひたすらに困惑の表情を浮かべていた。

それなりに長い人生を過ごしてきた彼女だが、落ち人とはあまり関わりがなく、耳にするのは噂のみ。そして、このような人種を他には知らない。

だが、そんなシルビアに、セバスチャンがいい笑顔で魔法の言葉を放った。

「お嬢様。これが落ち人さまです」

「……そう、じゃな」

シルビアは噛み締めるように、ゆっくりと頷く。

自身の伴侶に落ち人たる勇者を選びながら、シルビアは人生で初めてその言葉の意味を実感した。

これが、落ち人である、と。

3章　ダンジョンに挑戦

アルデリート魔王国には【追憶の迷宮】という名のダンジョンがある。

このダンジョン、驚くことに入口が冒険者ギルドの中にあったりする。

なんでも昔、冒険者の一人が持ち込んだ何かが変化して出来上がったものらしいが、真偽は定かではない。

その冒険者ってまさか落ち人じゃないよね？　という考えが一瞬聖の頭を過ったが、深く考えることは放棄した。心情的にあまりよろしくない。

そしてこのダンジョンは、なんと無ランク。最低ランクなのではなく、ランクが無い。

なぜかというと、入る人によってダンジョンが変化するためだ。

しかもどういうわけか、出てくる魔物は種類こそ違えど、必ず簡単に倒せるレベルのものだけ。

ゆえにランク無しとして扱われている。

そんな【追憶の迷宮】だが、それなりに人気がある。

理由はいろいろあるが、入った者の心の中の風景がダンジョンとして現れる、というのが一番の理由だ。

しかも、一度出た場所は二度と出ない。

そのため、一種の肝試しと観光を兼ねるダンジョンとなっていた。

——と、そんな説明をアントレラから受け、聖と春樹はダンジョンに入る。

二人の目にまず飛び込んできたのは、大きな靴箱。ついで、奥にある階段。

それを眺めることしばし、二人はここがどこなのか結論を下した。

「……学校」

「……学校だな」

どう考えても学校だった。

そして二人が立っているのは玄関である。

ちなみに振り返った玄関扉の向こうはグラウンドではなく、なにかぼんやりしたものが漂っているだけだった。

「しっかし、学校とはまた……」

「あ、靴箱に僕の名前ある。春樹のは……あった」

「やっぱりか。完璧に俺たちの学校だな」

「ご丁寧にもね」

そもそも記憶から抜き出されるということなので、当たり前なのかもしれないが、二人は少しだけ懐かしげに目を細め、この異世界に来た日のことを——人生が変わった日のことを思い出す。

けれど、すぐに顔を見合わせ苦笑した。

「……えっと、それでどうしよっか？」

「あー、どっかに宝箱があるんだったか？」

「うん、どういう形かはわかんないけど」

面白いことに、このダンジョンにボスはいないらしく、その代わりにどこかにある宝を見つければクリアとなる。まさに、宝探しのダンジョンだった。

「靴って、このままでいいよね？」

「いいだろ、さすがに……いや、まてよ」

春樹は何かに気づくと、自分の上靴を手にとる。そして――

「お？　入った」

「え？　まさかアイテムボックスに入ったの？」

「おお、そのまさか。ラッキー」

基本的に、アイテムボックスの類に収納できるものは、ダンジョンから持ち出せる。

というわけでさっそく、聖も上靴を収納する。特に何に使うか考えているわけではないが、使える物はとりあえず持っていくというのは、当然の判断だ。

そして二人は、まずは一階から探索することにした……のだが、歩き出してすぐにその足を止めた。というか、止めざるをえなかった。

目の前に、忽然と壁が現れていたからだ。

「は？　え？　何これ？」

「なんだ、この白い……壁？」

困惑しつつも少し後ろに下がり、もう一度観察。ついでに主夫の目も発動する。


【消しゴムの化身】

消しゴムのカスを投げてくる、ただそれだけの魔物で攻撃力はほぼ皆無。

ドロップ品も消しゴム。


「「……」」

二人は無言で、もう一度その壁を見る。

すると、壁からにゅっと手と足が生え、その手に何かを握っているのが見えた。

「うわっ、ほんとに投げてきた！　でも痛くない！」

「つか、邪魔だ！　ひたすらに邪魔だ！」

主夫の目で出てきた結果の通り、攻撃力は皆無で全く痛くない。だが、ただただひたすら投げつけられる、カスが邪魔。

消しゴムの化身とやらは動く気もないようなので、カス塗れになりながらも春樹がすたすたと近寄り、剣を一閃。

消しカスが噴水のように辺りに撒かれ、そして消えた後にはころりと通常サイズの消しゴムが転がっていた。

(（……どうしろと）)

二人は胸中で、揃って同じことを思いながらも消しゴムを拾い、体中に付いたカスを払う。

「……春樹、僕なんかすっごい嫌な予感しかしない」

「……そうだな、なんか無駄に疲れる予感しか、しないな」

「……だよね」

その予感はもちろん、的中した。


【黒板の化身】

右手にチョーク、左手に黒板消しを構えた魔物。

目線を逸らすとチョークを投げてくる。当たるとちょっと痛い、気もする。

何も落とさない。

【モップの化身】

踊るように動き、後ろをただひたすらついてくる。

でも止まると追い越していき、勝手に滑って転んで自滅する。

何かの繊維(せんい)を落とす。


【跳び箱の化身】

物陰からじっと見つめてくる。

存在に気づくと、仕方なさそうに出てきて、飛べと言わんばかりの位置で止まる。

見事飛び越えると消える。

跳び箱型の小さな模型を落とす。


などなどなど。

全く脅威はなく、簡単に倒せる魔物しか出ない。

だが、二人の消耗具合は酷いもので、この異世界に来てから一番と言えるほどだった。

「疲れた！　もう無理！」

「何がしたいんだこのダンジョン!?」

春樹の叫びがすべてを物語っている。

このダンジョンについて、二人は何も理解できなかった。

魔物にしても、せめて何かいいアイテムを落としてくれれば別だというのに、出てきたものは意味不明な品たち。

「謎の繊維って何？　鑑定しても謎なんだけど。跳び箱の模型って何？　売れるの？　もうさ、ドロップ品無くてもよくない？」

「……でも、収納するんだな」

「するよ。一応」

「ああ、うん」

何やら春樹が苦笑しているが、聖は気にせず収納を続ける。

容量があるのだからとりあえず入れる、それが聖だ。邪魔になったらその時捨てればいい。

「あー、でも今日はもうほんとに無理。お腹すいたし」

「もう、夕方みたいだしな。ちょうどいいからこの教室で休むか」

「そうしよー」

ふう、と一息ついて、聖がアイテムボックスから取り出したのは、グレンゼンで手に入れた『大・守』と書かれた白い布きれだった。

魔力を流せ、としか説明のなかったそれを、デウニッツで魔法の修業をしていた時、興味を持ったヘイゼンに促されて試しに使ってみた。その結果がこれだ。

【守るくん】

どれだけ魔物がいる場所でも、ご飯くらいゆっくり食べたい。違うか？　違わないだろう？

そんな時は、この【守るくん】が役に立つ！

魔力を寄越せ！　すべてから守ってやろう。

効果：時間と大きさを指定して相応の魔力を流すと、すべてから守られる。たぶん。


使えるようになったら、急にいろいろと読み取れるようになったので聖たちは驚いた。

ともかく、ものすごい優れものである。

ヘイゼンの分析によると、結界を張ってこちらの存在を消してくれる効果があり、よほど強い魔物でなければ気づかれる心配もないという。

「ほんと、あってよかったよな！」

「だよね。安全部屋ないしね」

聖はしみじみと呟く。

このダンジョンには安全部屋がない。別に魔物も強くないし必要ないよね、と言わんばかりである。

ダンジョンに入ってすぐは特に何も思わなかったが、今ではその仕様に殺意しか湧かない。

もし、この【守るくん】がなかったとしたら、徹夜してでも宝箱を探し出し、早々に帰還していたことだろう。

それほどまでに、現状は辛かった。いろいろと。

聖はそんなことを考えつつ、教室の半分ほどまで布を広げる。ちなみに、必要な魔力量はたいして多くない。省エネバンザイだ。

念のため魔物が寄ってこないか確認し、問題ないのを確認して二人は寛ぐ。

「はい、春樹の分」

「ん、サンキュー」

夕食は、セバスチャンが持たせてくれた、ボリュームたっぷりの手作りサンドイッチ。

料理までやってのけることに、もはや驚きを通り越して呆れしかない。

「昼、食いっぱぐれたもんな」

「ていうか、食べる精神的余裕とかなかったよね」

「ん、なかったな」

そう、本来ならこれは昼ご飯になる予定だったのだが、二人にそんな余裕はなかった。

魔物のレベル的には余裕があったはずなのだが、妙な魔物が大量に出るという精神攻撃によって木っ端微塵にされていた。

「「いっただきまーす」」

二人は手を合わせ、さっそくかぶりつく。

「んまい！」

「おいしい！」

分厚いベーコンのような肉に、しゃきしゃきとした葉っぱ。それにこりこりとした何かの歯応えが、とてもいいアクセントになっている。

「お肉がジューシー」

「胡椒っぽい味がうまい」

とにかく、美味しい。空腹は最大の調味料と言うが、それを差し引いても美味だ。

たとえ、肉が何の肉かわからず、しゃきしゃきとした葉っぱが、いつものようにばっさばっさ動いていたとしても。さらに、こりこりとした何かから、噛むたびに「ぴっ」と謎の音がしていたとしてもだ。

そんなものは今更気にしない……わけではないが無視できる程度には美味しかった。

そして食後にはチャンティー。

茶葉の段階ではまだ目があるが、お湯を注ぐと消える安心仕様。

これだけは本気でよかったと、お茶を淹れながら聖は心底思う。目があのままだったら飲むのを断念したかもしれない。

そんな感じで癒やされつつ、その日を終えるのだった。


翌朝、目が覚めた二人は枕元にあったそれを唖然として見つめていた。

子供の頃、クリスマスの朝に、枕元に置かれたプレゼントに喜んだ記憶が二人にはある。

聖は純粋に嬉しくて喜んだし、春樹も両親が帰ってきた気配はなくても、おそらく両親が用意してお手伝いさんが置いてくれたであろうプレゼントをそれなりに喜んだ。

枕元に置かれたプレゼントというものには、心が躍る楽しい記憶があるのだ。

それらをぼんやりと思い出しながら二人は、この場合はどう思うのが正解なのだろう、としばし無言になる。

朝、目が覚めて枕元に置かれていたもの、それは。

「……給食」

「……給食、だな」

そう、まさに給食だった。主夫の目による結果はこうだ。


【給食】

ダンジョンの優しさ。一日の始まりに、美味しいご飯をどうぞ。

大丈夫、何も入ってないから！


入ってない、と言われると逆に怪しんでしまうのはなぜだろうか。というか、どうやってここに置いたのか。

そんな状況で、春樹が言った。

「聖、考えるだけ無駄だ」

「え？」

「だって、ここはダンジョンだ。ダンジョン＝謎、だろ？」

実にいい笑顔で考えることを放棄した春樹に、聖は沈黙。そして納得した。

「うん、考えるだけ無駄だった。ダリスでよくわかってた」

「だよな！」

うんうん、と春樹は頷く。

空気を読んでいるのか読んでいないのか……というか何かの意思がありそうなのがダンジョンである。

ダンジョンとはそういうもの、と思った方が精神的に楽であった。

「で、どうする？　食べるか？」

「そうだね……大丈夫だとは思うけど。優しさ、らしいし」

しばし、給食を眺める。

トレイに載ったビン牛乳に、丸いパン。そしてホカホカと湯気の上がるシチュー。

悔しいが、とても美味しそうだった。聖と春樹は顔を見合わせて頷く。

「「いただきます」」

負けた。完敗だった。朝の空腹で、これに耐えられるはずはない。

「え？　このパン柔らかい！」

「マジか！　……なんか、昔懐かしいって感じがするな」

「シチューも、野菜が踊ってない……」

「味もしっかりしてるよな……」

食べつつも首を傾げてしまう。

どう考えても、この世界の食材や味ではない。むしろちょっと前まで食べていたものに似ていて、とても懐かしい気がしてならない。

「……まあ、ダンジョンだしな」

「……そうだね。ダンジョン、だしね」

綺麗に平らげた二人は結局、深く考えないことを選択した。

そして、本日の探索を始める。

今日は二階部分へと行くことにする。この学校ダンジョン、記憶の中の学校というものを適当に抜き出しているらしく、ところどころがおかしい。現に今も、二階だというのになぜか一階にあったはずの体育館に着いた。

そしてそこには、初めて見る魔物がいた。

「なんだ、あれ？」

首を傾げる春樹の横で、もはや条件反射で主夫の目を発動していた聖は、目を見開いた。

そして思わず、真顔になって春樹の腕を引く。

「ん？　どした？」

「見て！　はやく見て！」

「お、おお」

なぜか必死な様子の聖に、春樹は驚きつつも見る。そして、聖と同じく真顔になった。


【給食係の化身】

お玉を持った巨大な鍋。お玉を振り回して攻撃してくるが、大振りなので簡単に避けられる。

昔ながらの給食を落とす。


【購買の化身】

購買と書かれた箱から手と足が生えている。

ひたすら動き回っているが「それいくら!?」と叫ぶと少しの間何かを探すように止まる。

それなりのものを落とす。


何を言うでもなく、春樹が走り出した。

迫りくるお玉を避け、すり抜けざまに一閃。そしてもう一体は、聖が魔法の言葉、「それいくら!?」と叫び、止まったところを後ろから切った。

「よっしゃあー!!」

「さすがダンジョン！　空気読んでる！」

出てきたドロップ品は今朝食べたものと似たような給食と、懐かしき大量生産品のジャムパン。

昨日のロクなものを落とさない魔物たちはいったい何だったのか。

もちろんここに来るまでにも遭遇してげんなりしていたのだが、そんなことは綺麗さっぱり忘れ去る。

何よりも重要なことは、目の前にある事実。

何よりも重要なものは、このドロップ品。

今というこの時を無駄にしてはいけないと、二人は気合を入れる。

「「狩るしかない!!」」

本日の方針が塗り替えられた瞬間だった。

そこからはもう、狩りに狩った。他の魔物もいたが無視できるものは極力無視し、必要なものを落とす魔物だけを探しまくって狩りまくった。

その結果、給食はたいして変わらなかったが、パンに関してはいろいろ出てきた。ジャムパンから始まり、クリーム・チョコ・カスタード・生クリーム・リンゴジャム・ジャム&バター・あんこ、などなど。

日が暮れるまで走り回っていた二人に流れるのは、実に清々しい汗。昨日とは雲泥(うんでい)の差であった。

「いやー、いい仕事したな！」

「うん、いい日だったね！」

二人でにこにこしながら本日の寝床と決めた校長室へと入り、聖が【守るくん】を全面に広げる。

その横で、春樹が残念そうな声を上げた。

「あー、やっぱこれも取れないな」

「ああ、そこの備品？」

「そ」

残念、とばかりに春樹が両手を広げる。

昨日は上靴がアイテムボックスに入ったので、他にもいろいろ持っていけないだろうかと、目につくものを片っ端から試していた。だが、ほとんどが校舎と一体化しているらしく、動かない。

今も校長の机の上にあるものを触ってみた春樹だが、やはり動かなかった。ダメか、とぼやきながらソファへと腰を下ろす。

だが、それを見ていた聖はふと、目を瞬いた。

「ねえ、春樹」

「ん？」

「そのソファって、ソファなの？」

「あ？　何言っ……ソファ、だな」

「ソファ、なんだ」

「「……」」

無言でソファを見下ろす。

実は、今まであった保健室のベッドも体育館のマットも、すべてつるりとしていて硬かった。

だが今、春樹は普通に腰掛けており、触ると柔らかい。

それが意味するのは一つしかなかった。

「入る？」

「……入るな」

その言葉通り、春樹はアイテムボックスにきっちりそれを収納することに成功した。

「やった！」

「ラッキー！」

にこやかにハイタッチを交わす。

何せこの世界にあるソファは、二人が知っているものよりも硬く、気をつけて座らなければちょっと痛い。

これで硬いソファとはおさらばだ、と喜び合う二人だが、どこで使うのかは謎であった。

しかし聖はうきうきとした気分のまま、夕食の準備をする。ご飯を炊き、肉じゃがっぽいものを作るために、毎度おなじみハイウッサーの肉を念願の包丁で捌（さば）いていく。

「うんうん、やっぱ包丁は違うよね！」

「俺にはわかんないけどな」

「うん、知ってる！」

包丁を使う聖のテンションは高い。何せ伝説級なだけあって、切りやすいし、持ちやすいし、何よりこの手になじむ感じが素晴らしい。にこにこしながら調理をしていく。

そんな聖だったが、ふとなんとなく視線を感じて扉側を見る。念のためにと扉は開けてあるので、そこを浮遊する魔物が見えるのだが。

「……春樹」

「ん？　どした？」

「なんか、見える」

「は？」

そう、聖の目には見えた。というか、見えてしまった。なぜか魔物についている、名札のようなものが。


『切れません』

『切れません』

『切れません』


見える範囲のすべての魔物にそれがついていた。

あまりの出来事に唖然としてしまった聖だが、何とか声を出して春樹に説明し、問う。

「……なにこれ」

「切れません？　……あ、聖。ちょっと包丁から手、離してみろ」

「え？　うん」

何かを思いついたらしき春樹に言われるがまま、聖は包丁から手を離してみた。すると——

「あ、消えた。なんで？」

「……なるほど」

なにやら複雑な表情をする春樹。

「春樹？」

「あー、たぶん。食べられない魔物、だからじゃないか？」

「は？」

春樹の言葉に、聖は首を傾げる。

「その包丁、切れない食材はないって説明あっただろ？　ってことは、食材にならない魔物は切れないってことじゃないかと」

「……それが、包丁を持ってると見えるって、こと？」

「……たぶん」

「……」

聖は微妙な表情で春樹を見たまま考える。

（つまり、この包丁が食べられる魔物とそうじゃない魔物を見分けてるって、こと？）

何ともいえない能力だった。

というか、魔物を食材かそれ以外かの二択でしか判断していないことに、聖は軽く戦慄する。嫌な感じに伝説級の包丁であった。

「あー、それとちょっと試してみてもいいか？」

「なにを？」

「まずは包丁を持ってみてくれ」

言われるがままに、聖は包丁を手に持つ。

「一応聞くが、俺にはなんか見えるか？」

「何にも見えない」

「ん、なら大丈夫か」

何やら呟き、聖が持つ包丁の刃に手を添えた春樹は、何かを確認するように触れる。

そして、躊躇なく一気にその手を引いた。

「はるっ、き……え？」

「おー、やっぱ切れてない」

まじまじと己の手を見る様子に、聖も慌てて春樹の手を掴んで確認する。

そこにはかすり傷一つなく、聖は心底安堵した。普通の包丁だったら間違いなく大惨事である。

「……春樹、お願いだからこういうことはしないで」

「あー……悪い」

聖のやや硬い表情に、流石に春樹もバツの悪い顔をする。いくら大丈夫だという確信があったとしても、説明は必要だったと反省した。

「ほんとに悪い。今度からは先に言う」

「うん、まあ、言えばいいってもんでもないけどね。そうして」

「ああ……ええと、とりあえずたぶん本当に食べれるものしか切れないぞ、これ」

「なんかね。まあ、食材が切れるならなんの問題もないけど。だって包丁だし」

包丁なので聖的には何も問題はないのだが、春樹は残念そうな表情を隠さない。

「いや、これで普通に魔物が切れるなら、武器になったんじゃないかと」

「武器!? ……い、いや、でも包丁だし。衛生面的にもどうかと……」

「衛生面つったって、俺の【洗浄】もあるし、そもそもそれ、汚れつかないだろ」

「……」

確かに春樹の言う通り、一切汚れなかった。肉を捌いても血がつかない。野菜を切っても、魚を切っても、汚れは全くつかず、きらりと輝いている。

「まあ、検証するのは後になるだろうけど、結果的に食材ならいいんだよな？」

「……食材と食材になる魔物は違うような、そうでもないような……」

「切るのは一緒だろ。それに食材になる魔物をその包丁で切ったらどうなるのか知りたいしな」

「……」

聖は返答できない。知りたいような知りたくないような、そんな微妙な気持ちを残しながらも、聖は夕食作りを再開するのだった。

ダンジョン三日目。

今日も枕元に置いてあったダンジョンの優しさ【給食】を躊躇なく美味しくいただいたのち、二人は急ぎ足で探索を進めていた。

実はこのダンジョン、約三日という制限時間が存在している。『約』というところがポイントで、時間ははっきりとは決まっていない。ダンジョンの気まぐれで、ぴったりな時もあれば、数時間前後することもあるのだ。

そんなわけで、少し急ぎ気味に二人は探索を始めていた。

「さくさく行こうか、昨日の給食係と購買は見つけたら狩るけど」

「それは当然だな。他は無視でもいい」

このダンジョンの建物は、聖たちの学校と同じく三階建てだった。

昨日は見て回れなかった三階を探索する途中、持ち出せるものがないかも探していく。

まずは家庭科室。

キッチン用品など、聖が欲しかったものが一式揃っていたのだが、残念ながらどれも持ち出せなかった。まな板もフライパンもお玉も、とにかく全滅。その現実に、聖はやけくそ気味に叫ぶ。

「せめて一つくらいくれてもよくない!?」

「……まあ、落ち着け聖。まだ見てないとこあるぞ？」

「……どこ？」

「冷蔵庫」

どうせ無理だろうと、若干やさぐれた気分のまま聖は取っ手を掴む。

「あ、開いた」

「……お？　なんか入ってるぞ！」

「……おお」

春樹に言われて覗き込んだ聖は瞳を輝かせた。

なんと、お宝はここにあった。

昆布醤油にポン酢、そして見慣れた缶に入ったカレー粉。

「カレー粉！」

「カレー粉！」

思わず声を上げ、二人はがっちりと握手を交わす。

これで食べ慣れたカレーライスとまでは言わないが、カレースープとかが作れるのだ。にんまりとしてしまうのも仕方がない。

ちなみに、念のためにそれぞれの賞味期限を確認すると、『大丈夫！』という不安を誘う言葉が記載されていたが、「まあ、ダンジョンだし」といつもの合言葉を唱えて気にしないことにした。

冷蔵庫が持ち出せなかったのは、残念の一言に尽きた。

そして、音楽室では、トライアングルを手に取ることができたので、もちろん収納。

さらに、理科室ではアルコールランプとマッチを手に入れた。

どちらとも、相変わらずどこで何に使うのかはわからないが、収納できてしまうのが悪いのだ。

ちなみに余談だが、とある空き教室で黒猫のぬいぐるみを見つけた。さわり心地は抜群で、持ち上げることができた……のだが持ち出すことはしなかった。とあるアニメと、とある少女が頭の中を通り過ぎていき、嫌な予感がしたので二人は無言でなかったことにした。

黒猫の目が動いたような気がしたのも、きっと気のせいだろうと思う。

そんな不可思議なこともあったが収穫はそれなりにあり、暗くなる前にすべての階層を回りきることができた。だが――

「……見つからないね」

「ないな、宝箱。もう全部回ったよな？」

「と、思うけど」

どういうわけか、あるはずの宝箱が一向に見つからない。

聞いていた話では、そんなに見つかりにくいものではないはずだが、それらしいものは何一つとしてない。それっぽいものもそうじゃないものも、手当たり次第に触れてみているので取りこぼしはないはずだった。

「戻ってみる？」

「もうそれしかないよな」

仕方がないので一度、通ってきた道を戻ってみることにした。

そして、一階の玄関まで来たところでそれを目にした二人は、思わず膝から崩れ落ちた。


【宝の箱】

そろそろ時間かい？　とばかりに出てきた宝箱。

別に箱にこだわらなくてもいいよね、と二日程自問自答した結果、ランドセル型になってみた。

結構お気に入り。

「……これは、ない」

「……ああ、ないな」

探してもないのは当たり前だった。なにせ今まで存在すらしていなかったのだから。

最初にいた玄関に出てくるとは意地が悪いにもほどがある。

それに、よりにもよってランドセルの宝箱とは、意味がわからない。

いったいこの世界の宝箱はどこまで迷走していくのだろうかと考えかけた聖だったが、答えのないことに気づいてやめた。

「とりあえず、開けるか」

「……うん、そうだね」

若干の疲労を感じながら、宝箱を開ける。

その瞬間、中から光があふれた。ついで、どこからともなく花びらが舞い落ちてくる。

「え？　桜……の花？」

「……っぽい、な」

ひらひらと落ちる桜の花びらを呆然（ぼうぜん）と見ていると、目の前の空中に光の文字が描かれ始める。

「「は？」」
思わず二人揃って声を出す。だが、二人の困惑など気にすることなく、光の文字は描かれ続ける。

近くて遠い
遠くて近い
そんな場所へと
旅立つ君たちへ
幸せであれ
幸せであれ
——祝福を

文字がすべて浮かび上がった途端、柔らかい光が桜の花びらと共に二人へと降り注いでいく。

それはとても、とても不思議な感覚だった。

何かから『いってらっしゃい』と、そっと背中を押されたような安心感。

けれど、同時に手を離されたような不安な気持ち。

嬉しくて悲しくて、でも喜びが勝るような、そんな不可思議な想いが二人の胸中を駆け巡る。

どのくらいの時間が経っただろうか、聖はふと、春樹の方にやった目を瞬(しばたた)かせる。

「……春樹？　泣いてるよ？」

口元は笑っているのに、目から涙を流す春樹。

だが、言われた春樹は一瞬きょとんとした後、笑みを深くした。

「聖だって、泣いてるだろ」

「え？」

言われて初めて、聖は己の頬を伝う水滴に気づき、首を傾げる。

「あー、ほんとだ。なんでだろ」

「さあ……なんでだろうな」

意味がわからないながらも、二人揃って泣きながら笑い合う。

ただ、どこか何かが軽くなったような、そんな気がした。

そうして、ひとしきり泣いてすっきりした頃、《称号【卒業証書】を獲得しました》という脳内アナウンスが二人同時に流れた。

「……あ、アナウンスだ……【卒業証書】？　さっきの、かな？」

「……だろうな、意味不明なやつ」

なんだろうかと思いながら、二人は詳細を確認する。


【卒業証書】

旅立つ者へ贈られる言葉。だが、効果は特にない。


「ないのかよ！」

「……」

思わず叫ぶ春樹に、無言の聖。二人の心は一つだった。

——感動を返せ。


「ああ、それは大変だったね」

そう言って、大地が苦笑する。

ダンジョンクリアにより戻ってきた聖と春樹は、偶然城の前で遭遇した大地に招待され、彼の部屋へと来ていた。

とても広く、上品な設え（しつらえ）の部屋だが、ここは客室なので仮のものであり、現在急ピッチで正式な部屋が調えられている最中とのことだった。

「正直、僕はこれで十分なんだけどね。女王の配偶者ともなると、それなりの部屋にしなければならないらしいよ……」

心底申し訳なさそうに大地は言うが、使用人たちは嬉々として働いているので何も気にする必要はない。

シルビアが配偶者を決めた、という情報は驚くべきスピードで城内を駆け巡り、城で働く人々はこぞって狂喜乱舞した。比喩ではなく、文字通りに踊り狂っていたのだ。その現場を見た聖と春樹は、笑うしかなかった。

おそらく、城外にも知らせが届けば同じような状態になるのは想像に難くない。

大地という人物はこの国の住人にとって、それほどまでに待ち焦がれていた存在だったのだ。

そんな騒動の真っ只中にいる大地は、二人からダンジョンでの出来事を聞くとため息をついた。

よって、張り切るのも無理はなかった。

「でも、少し羨ましいかな。僕はイースティンでは城から出てないからね」

「えっと、少しも、ですか？」

「ああ、これっぽっちもね」

本当の本当に、訓練オンリーな日常だったらしい。もはや苦笑いしかできない。

「それで、宝箱から出てきたのがそれ？」

大地がそう言って目をやるのは、聖が机の上に置いた瓶。

「ええ、そうです」

「まあ、一応な」

「……なんか、見たことがある瓶だね？」

どこか言いにくそうな大地の言葉に、聖と春樹は頷く。

ランドセル型の宝箱の底に、この瓶はひっそりと転がっていた。

その瓶の形は、非常に見覚えのある調味塩そのもの。主夫の目で見てみると、中身もその調味塩で、しかも【∞（無限）】のマーク付き。

二人が卒業証書などより遥かに喜んだのは言うまでもない。

「一応聞くけど……こういうものって、この世界にあるの？」

「ないです」

大地の疑問に、もちろん聖は即答。春樹も頷く。

この世界の塩なんて、ただの塩辛いだけのものしか見たことがない。そもそもこんな見慣れた瓶になんて入っていない。

その返答にしばし沈黙した大地だが、唐突に何かを理解したかのように頷いた。

「秘密ってことかな？」

「「それで」」

了解、と苦笑する。

「そういえば、大地さんは戻ってくるところみたいでしたけど、どこかに行ってたんですか？」

「ああ、僕も冒険者ギルドにね。ほら、落ち人ってまずそこに行くんだろう？」

「なるほど」

イースティン聖王国ではそのことを教えてもらえていなかった彼は、聖たちにその情報を聞いて初めて冒険者ギルドへ行ってきたのだ。

「……なんていうか、最初に行っておきたかったよね、あそこ。そうすればこの世界がどういうものなのか、ざっくりとしたことはわかったのに」

やや遠い目をして語る大地に、だろうな、と聖と春樹は同意しつつ思う。

本当に、自分たちは運がよかったのだと。

魔物にも遭遇せず、歩いて辿り着ける場所に町があった。そして、すぐさま落ち人だと認定され、チュートリアルを受けられたのだ。

「ま、結果的には今があるからいいけどね。それだけはイースティンに感謝かな」

そう笑った大地は、何かを思い出したように手を叩く。

「ああ、そうだ。君たちに渡そうと思ったものがあるんだ」

「え？」

「いや、あそこでマジックバッグが貰えるだろ？」

そう言って彼が取り出したのは、手のひらに載るほど小さな箱。

「ちいさっ⁉」

「っていうか、そんなのよく見つけたというか……」

二人の反応に、大地は苦笑する。

「いや、そもそも僕、アイテムボックスのスキルがあるから必要なかったんだよね」

だから何も持ち出さないつもりだったのだが、偶然隅にあったこれに気がついたという。

大地が箱を開くと、小さなピアスが入っていた。

「実は箱じゃなくて、こっちのピアスがマジックバッグらしいんだけど……シルビアに似合うかなって」

ちょっと照れたように言う。

シルビアの瞳と同じ赤色の、バラのピアス。それは確かに、よく似合うだろう。シルビアの喜ぶ顔が目に浮かぶ。

だが、聞かされた聖と春樹は『レモの実はどこかな』なんて胸中で思い、何とも言えない笑みを浮かべた。大地は気づかなかったが。

「で、欲しかったのはこのピアスであってその中身じゃないんだ」

「あ、え？」

「ああ、中身？」

「そう、中にいろいろ入ってるだろ？」

そう言って、大地はピアスから、その中身をテーブルの上へと出していく。

概ね聖たちと同じ内容であったが、少しだけ違うものもあった。それに二人の目は釘付けになる。

「まあ、武器とかはね。一応必要かなとは思うからあげられないんだけど、この辺はあげるよ」

「いいんですか⁉」

「まじか！」

「……え？　その反応が驚きなんだけど……」

困惑する大地だが、聖と春樹がこんな反応になるのも仕方がない。

なにせ、大地がくれると言ったものは、ナナキ特性どんぶり×七、干し肉×十、水の魔石×一、火の魔石×一。

中でも一番の驚きは【ナナキ特性どんぶり】だった。弁当ではなく、どんぶり。どんな美味しいどんぶりなのかと、二人の瞳がキラキラしてしまうのも当然であった。

よってその勢いのまま畳みかける。

「本当に貰っていいのか⁉」

「あ、うん」

「本当にいいんですね⁉」

「えっと、なんか不安になってくるんだけど、いい、よ？」

やったぁ！　と二人は歓声を上げる。

「どんぶりだよ春樹！」

「どんぶりだな、どんぶり！」

「ええと、そのどんぶりってそんなにいいものなの？」

「「美味しい！」」

「え、そっち!?　効果じゃなくて!?」

どんなすごい効果があるのかと思った大地だが違った。

そう困惑する彼に、聖と春樹はこの世の真理を説くが如く告げる。

「効果も大事ですけど、味ってすごく大事じゃないですか」

「不味いものより美味いものの方がいいに決まってるだろ」

「それは、そうなんだけど……」

いまいち納得できず、大地は言葉を濁す。

（……味って、そんなに大事なことなのかな……？）

彼はこの世界に来てから……というより、元から食べ物にあまり執着していなかった。食べられればそれでいいじゃないか精神で生きていたのだ。

だが、心底嬉しそうな聖と春樹の様子に、少しだけ心が動く。

「……やっぱ、一つだけ返してもらってもいいかな？」

なかった。

「いいですよ」

特に気にすることもなく、聖は快諾した。というより、六個もくれるというのだから何も問題は
「あ、じゃあこれもどうぞ」

「これは……もしかして給食と、パン？」

「たぶん、そのうち食べたくなる時が来ますよ」

お礼にと、給食とパンをいくつか贈呈。さっき聞いたばかりのドロップ品を渡されて驚く大地だが、笑顔で受け取った。

「そういえば、イースティンについて聞こうと思ってたんですけど、外に出てないってことはわかりませんよね……」

そんな聖に、大地は申し訳なさそうに頷く。

「そう、だね。僕が話せることはホントに限られてしまうね。僕のせいでこっちに来てしまったから、できる限りのことはしてあげたかったんだけど……」

「いいえ、おかげで欲しいものが手に入りましたし！　むしろそこは感謝です」

「ホントだよな！」

聖と春樹の言葉には、嘘偽りはない。

念願の包丁と爪切りが手に入った。さらに給食もパンもカレー粉も調味塩も、その他にもいろい

ろ手に入れることができた。それはすべて大地がスキルを使ってくれたおかげである。

なので、二人は心の底から感謝していた。

けれど、大地はそんな二人の態度を気を遣ってくれているのだろうと思っており、何か有益な情報はないだろうかと必死に思い出していた。

「あ、そういえばダンジョンがあった」

「『ダンジョン？』」

「そう、名前は忘れたんだけど、なんか伝説の剣があるって聞いたかな？」

「伝説の剣⁉」

そのフレーズに、春樹のテンションが一気に上がった。だが、首を傾げた聖が冷静に突っ込む。

「……伝説の剣って、普通勇者が持ちません？」

聖が春樹から与えられた異世界テンプレ情報では、伝説の剣とは勇者が持つもののはず。なぜ大地が持っていないのだろうかとの単純な疑問だった。

「いや、なんでもそれは聖女が持つものらしいよ」

「『は？』」

さすがに春樹も驚いた。聖女が伝説の剣を持つとか、イメージがおかしい。

「正確に言うと、聖女だけがその剣を抜くことができて、それをイースティンに捧げる……とかなんとか」

大地もちらりと耳にしただけなので詳細はわからず、聖と春樹は首を傾げることしかできない。

「……ちなみにそのダンジョンは、普通に入れるんですか？」

「ああ、大丈夫らしいよ。どうせ聖女以外抜ける人はいないから、ご自由にって」

なんでも、我こそは！　みたいな人がこぞって訪れるらしい。もちろん、今まで抜いた人はいないそうだが。

と、そこで聖は春樹が瞳をきらきら輝かせているのに気づいた。いや、最初から気づいており、あえて見なかったことにしていたのだが、仕方なく触れることにする。

「……行くの？」

「行く！」

「ああ、うん」

だろうな、と聖は思った。

それはイースティン聖王国経由で帰ることが、実にあっさりと決定した瞬間であった。

だが、決定したとはいえ、さすがにすぐに旅立つわけにはいかない。

必要なものはそれなりにアイテムボックスに入っているが、買い足さなければならないものもある。

そのため二人は翌日、まずは買い物をしようと、朝から町へと来ていた。

「お？　聖！　あっちで踊ってるぞ、あの……たぶん野菜？」

「あー、ほんとだ。ていうか、こっちではなんか泣いてるよ……たぶん果物？」

野菜や果物の頭文字に、かならず「たぶん」と付いてしまうのも仕方がなかった。

なにせ断定するには、いろいろとおかしなことが多い。

野菜の方は、大根に見えるのだが足が二股(ふたまた)であり、台の上で見事な踊りを披露(ひろう)している。

そして果物はバナナに見えるのだが、大きな目が付いており、そこから大粒の涙が零れ、下に水たまりを作っていた。

もちろん両方とも興味本位で購入してみたのは言うまでもない。

そうして手当たり次第いろいろと購入していた二人だったが、流石に小腹がすいてきた。

いい時間というのもあるが、先ほどから漂っている、空腹を刺激するスパイシーな香りが原因だろう。

それを頼りに歩くと、屋台街に出たので、香りの原因である串肉(くしにく)を購入する。

「レッドベアーの串焼き？」

「なんか、まともな名前だね」

「だよな」

割とまともな名前の魔物の串肉を、ぱくりと一口。

「っ！　辛い！　でも美味しい！」

「美味(うま)っ！　おっちゃん、あと十本くれ！」

「はいよ！」

春樹が勢いで追加注文するが、聖にも異存はない。食べきれないものは収納すればいいだけだ。

「ほい、追加の分だ！」

「サンキュー！」

「このレッドベアーって、この辺りにいる魔物なんですか？」

聖の質問に、屋台のおっちゃんは嬉しそうに頷く。

「お？　珍しいな旅人さんかい！　東の平原によく出る魔物だな。詳しくはギルドで聞いてくれ！」

「ありがとうございます」

「いいってことよ！」

お礼を言って、食べつつ歩く。

「ギルド、行く？」

「ん、どのくらい強い魔物なのか知りたいよな。できれば欲しい」

「だよね」

この国まで来るには海を渡る必要があるため、頻繁に訪れるのは難しい。

なので、今のレベルで倒せるならば、手に入れておきたいと思うのも当然だった。美味しいものはいくらあっても足りないのだ。

「ついでに包丁の検証もできるしな」

「あー、うん、まあ……」

そういえばそうだったな、と微妙に視線を逸らすも、聖は一応頷き思わず呟く。

「なんか、春樹が爆笑する気がしてならない」

「ん？　なんか言ったか？」

「なんでもない。さ、ギルドに行こっか」

「……そうだな」

若干訝しげな春樹を無視し、聖はギルドへと足を進めるのであった。


アルデリート魔王国の王都のすぐそばに広がる東の平原。その生い茂る草に隠れるようにして、二人は獲物を待っていた。

あれからギルドで詳細を聞いたところ、レッドベアーはそんなに強い魔物ではなく、適正レベルは十五。現在レベル二十の二人には、何ら問題ないだろうとのことだったので、さっそく狩りに出ていた。

「……お、来たぞ。あれだろ」

「あー、あれだね」

少し遠くに、草むらから耳だけが見えた魔物を即座に鑑定。

【レッドベアー】

確実に犯人です、と言われそうな凶悪な見た目だが、サイズは小さく、草丈に隠れるほど。スパイシーな肉が特徴で、生でもいけるが焼いた方がより辛さが際立つ。美味。


確認した聖は、気合を入れるように拳を握りしめた。

「……春樹」

「ん?」

「いっぱい狩ろう。小さいから数が必要だよ!」

「あ、ああ。それは確かに」

その大きさはおよそ三十センチほどしかなく、見失いやすい。ちなみに二足歩行。

「聖、とりあえず包丁」

「えー? ……まあ、持ってみる」

心底気乗りしないが、聖が包丁を持ってレッドベアーを見ると、やはり名札のようなものが見えた。


『食材です』

（……あれ、おかしいな……）

見間違いだろうかと、何度か見直すも結果は変わらない。

もはや切れるか切れないかの表記ではなく、食材と断定されたことに「まだ生きてますけど⁉」と、突っ込みたくなる。

（結果的には、食べ物になるけどね……）

なんともいえない感情を抱えたまま、聖は説明後、口を押さえて蹲っている春樹を見下ろす。

そして、無言でその頭をぺしっと叩いた。

「で、どうするの？」

「っ、あ、ああ。えっとそうだな、どうするか……」

検証はまだ終わっていない。いないのだが、問題は聖がどうやって魔物を倒すのかということに尽きる。

いくらレベル的にはなんの問題もなかろうと、聖に戦闘技術など皆無だし、ダンジョン以外での戦闘経験もない。今まですべて春樹に頼ってきたことが、ここで問題となっていた。

「一応言っておくけど、接近戦とか無理だからね？」

「知ってる。んー、じゃとりあえず俺が殴って気絶させたところを、聖がサクッといくか」

「……さくっと」

なにやら微妙な表現ではあるのだが、言っていることは間違いではないので聖は頷く。

それを確認した春樹は深呼吸すると、ひとっ跳びでレッドベアーに近づく。それにレッドベアーが気づいた時には、すでに春樹は後ろへと回り込んで、剣の柄を振り上げていた。

「……」

あまりにも見事な早業を見ながら、春樹の動きがどんどん人間離れしていく気がする、と聖は思った。そして、同じことができるようになる日は絶対に来ないとも思い、聖は少しだけ遠い目をしてしまう。

戦闘職と非戦闘職の、明確な違いがそこにはあった。

「聖ー！　もう来てもいいぞー!!」

「……わかったー！」

聖は頭を振って、春樹の元へと歩を進める。

(ま、どうにもならないことは、どうにもなんないし、いっか)

聖は実にあっさりと気にしないことにした。

そして、春樹の足もとに転がっているそれを目にする。

「……これって、まだ生きてるんだよね？」

「たぶん？」

「たぶん、て……」

ぴくりとも動かないレッドベアーの姿に若干不安になるが、春樹が言うならそうなのだろうと、聖は包丁を構える。すると、なぜかレッドベアーの右足首辺りが光って見えた。

「……春樹、なんか足首が光って見える」

「は？　俺には特に見えないな、ってことは包丁効果か……」

「なんだろ？」

揃って首を傾げる。

「とりあえず、その光ってるところを刺してみたらどうだ？」

「んー、わかった」

ので、聖はさくっと刺してみた。しかし――

「あれ？　なんか何にも切った感じっていうか、抵抗が無いんだけど……」

「いや、でも、なんかトドメ刺したみたいだぞ？」

「え？　あ、ほんと、だ？」

主夫の目の説明文が変化していた。


【レッドベアーの肉】

最高の状態で仕留められたレッドベアーの肉。旨味がすごい。


これが包丁の効果なのだろう。

聖は無言でレッドベアーを捌いていき、一部を切り取ると、すぐさまスキル【レンジ】へ投入。

そして数秒後、火の通った状態で戻ってきたそれを、躊躇なく口へと放り込む。

(――っ！　うまっ‼)

ものすごかった。あの屋台で食べたレッドベアーとは完全に別物であり、まさに上位変換されている。スパイシーさの中にある肉本来の旨味。それが味覚を刺激してやまない。

「春樹、ちょー美味い」

「マジか！　俺にもくれ！」

すぐさまもう一切れ投入。そして春樹の口へと放り込むと、一瞬にしてその瞳が輝いた。

「なんだこれ！　これって味付けしてないんだよな？」

「うん、そのまんま素材の味」

「やばい、屋台の肉なんて目じゃないだろこれ……」

念のため、もう一体レッドベアーを仕留める。

今度は包丁を使わずに、今まで通りに春樹が止めを刺す。そしてそれを同じ方法で食べてみたのだが、全く味が違った。こちらはまんま、屋台の串焼きの味。

「いや、これはこれで美味いことは美味いんだが……」

春樹が複雑そうにもぐもぐしているのには、聖も同意である。

そう、それなりには美味しいのだ。美味しいのだが、あの味を知ってしまった今となっては物足りない。

「……どうしよう、春樹。なんか僕、この世界に来てから贅沢になってる気がしてならない」

「奇遇だな。俺も、ものすごく口が肥えてきた気がしてならない」

二人は無言で包丁を見下ろす。

さすが伝説級の包丁。その効果は、正に計り知れない恐ろしさを秘めていた。


その日、部屋に戻った二人は疲れ切っていた。

実は二人は今日、どうせだからと納品依頼を受けていた。

なにせダリスを出てから一度も依頼というものを受けておらず、全く冒険者をしていないことに気づいてしまったのだ。

別に聖はどうでもよかったのだが、春樹が急にやる気になった。なのでレッドベアーの納品依頼を受けていたのだが、おそらくそれが間違いの始まりだった。

あまりの美味しさにテンションが上がった二人は、春樹が気絶させたレッドベアーを聖がひたすら止めを刺す、ということを嬉々として繰り返した。

その結果、納品したのは最高級のレッドベアーの肉となった。

最高級のレッドベアーの肉がギルドに納品されること自体、ないわけではない。ただ、腕のいい狩人が、本当に、極々たまに持ち込むようなものだった。

しかも二人が納品した時、たまたま城からの緊急納品依頼が入っていて、どう対応しようかとアントレラが途方に暮れていた。そこにうっかり最高級品を持ち込んだせいで、すぐさま追加依頼を頼み込まれたのだった。それも必死に。

依頼料も三倍に跳ね上がり、翌日以降の納品でもいいということで二人は快諾。

ただ、城へと戻ってすぐに、なぜか待ち構えていたシルビアに捕まり、約一時間ほどレッドベアーについて熱く語られるという謎の時間を過ごすことになった。

ちなみに、二人がうんざりしきったタイミングでやって来たセバスチャンによって、シルビアは回収されていったのだが、あの骨はどこかで見ていたに違いないと、聖も春樹も確信していた。

そうしてやっとの思いで二人は部屋へと戻ってきたのだった。

「……疲れた」

「同じく。つか、女王様がレッドベアーを好きすぎる……」

「うん……まあ、そりゃあ、アントレラさんも必死になるよ……」

国中みんなの人気者であるシルビアからの、大好物の納品依頼。

結婚することも相まって、なんとかしてあげたいとアントレラが必死になるのも当然だった。

「まあ、包丁のおかげだし、仕方ないよね……」

何せ包丁をくれた張本人。お礼にいくらか納品するのは構わない。構わないのだが、あの食いつきようは、ない。

いや、あの美味しさを知ってしまってはもう戻れないというのもわかるのだが、それでも聖たちに一時間も語るほどの情熱はなかった。

「美味しいって、怖いね……」

「まったくだな……」

美味しいは正義である、と誰かが言っていたが、美味しいは人を狂わせる、ということも二人は学んだ。

そして、次の日からレッドベアーを狩る日々が始まった。

求められる量もそれなりにあるし、自分たちの分もたくさん必要なのだ。

ちなみにアントレラはなぜ最高級のレッドベアー肉を納品できるのかは、決して聞いてこなかった。あまりにも聞いてこないので逆に聞いてみたのだが、返ってきた答えは一言。

「落ち人のすることだもの、聞くだけ無駄でしょう?」

だった。やはり腑に落ちない。

いったい落ち人をなんだと思っているのだろうかと、聞いてみたかったのだが怖いのでやめておいた。たぶん、やめて正解だと聖は考えている。

そのため二人は、もはや何を気にすることなくレッドベアーに集中できた。

だが、魔物はレッドベアー以外にもいた。

【ブルーベアー】

塩味のお肉。

【イエローベアー】

生姜味のお肉。


簡単に表すとこんな感じだ。

どちらもレッドベアーと瓜二つで、目の色だけがそれぞれ違う魔物。もちろん、聖の包丁でさ・・・くっとして食べたそれは、実に美味だった。

そんな感じで我を忘れて狩り続けていた二人だが、数日経って、さすがにようやく我に返った。

「……あのさ、ひょっとして、もう、いいんじゃない？」

「……そう、だよな。それなりにっていうか、かなり、狩ったよな？」

改めて確認すると、両者のアイテムボックスにはかなりの量が収納されていた。あまり記憶にないが、しばらくは確実に困らない量だ。

これだけあればさすがにもう、旅立ってもいいだろう。

「えっと、じゃあ、最後の納品をして、明日出発しよっか」

「そう、だな。必要なものって、買ったよな？」

「うん、一週間前に」

「……」

買ったのは一週間前。「美味しいって、本当に怖いね」と聖が呟き、春樹が無言で頷いた。


そんなわけで、ようやく出発の日を迎えた。

「いやー、いい天気だねー」

「そうだなー、絶好の旅立ち日和だよなー」

雲一つない快晴。風もそよ風程度であり、空を飛ぶには絶好の天気だった。そんな空を眺めながら二人はしみじみと思う。

旅立ちまで実に長かったな、と。

「本当に世話になったの。しばらくはレッドベアーを楽しめそうじゃ」

「ええ、【包丁】の主になっていただけて、本当にようございました」

「うん、あれは本当に美味しくてびっくりしたよ。美味しいっていいね」

「「……」」

そして、見送りに来てくれたはずのシルビア、セバスチャン、大地の三人がレッドベアーのことしか言っていない現状に、聖と春樹は微妙な表情を浮かべてしまった。

しかも大地にいたっては、ここにきて食に目覚めてしまったようで、この数日間、この世界の美味しいもの情報についてひたすら二人に聞いてきていた。

そして二人は、いくらか持っていた食材を、気がつけばお裾分(すそわ)けしていた。恐るべし勇者だ。

「次に会うまでには、僕も美味しいものを教えられるように頑張るよ」

そんな勇者は間違った方向へと舵(かじ)を切り出していた。だが、誰も止めない。美味しいものはすごいのだ。だから仕方がない。

「ああ、そうじゃ。これを渡しておくかの」

「石？　なんですかこれ？」

「【モドリー石】じゃ」

聖がシルビアに手渡されたのは、丸く、つるりとした手のひらサイズの透明な石。

どうやら、登録した場所へ一度だけ転移することができる魔石らしい。名前はどうかと思うが、かなりの便利アイテムだ。

「わらわたちの結婚式が、おそらく一年後くらいに行われる。それに出席してほしいのじゃ」

「まだはっきりとは決まっておりませんが、詳細は冒険者ギルド経由でお知らせいたします。お嬢様の最初で最後の晴れ姿にございます。ぜひともおいでくださいませ」

「わかりました。楽しみにしてます」

シルビアとセバスチャンの説明に、そういうことならと、聖は遠慮なく受け取る。そして春樹へと顔を向けた。

「じゃあ、行こっか春樹」

「おう」

取り出したのは、きちんと印の押された、正式な箒。この国に飛ばされたのが印を貰った後でよかったと心底思いながら、二人は箒に跨がり浮き上がる。

それを見た大地が感心したように目を丸くした。

「へえ、本当に箒で飛べるんだね。すごい」

「本当にそうですよね。過去の落ち人の情熱の賜物です」

「え、そうなの？」

さらりと告げた聖の言葉を受けて、途端に大地が若干頬を引きつらせて箒を見る。

その様子に聖と春樹は、これから過去の落ち人がやらかしたことをいろいろと知っていくんだなと、ちょっとだけ同情した。ぜひとも頑張ってほしい、いろいろな意味で。

「じゃあ、次は結婚式、だな」

「おそらくそうじゃな」

「お待ちしております」

「それまでに、いろいろと勉強しておくよ」

春樹の言葉に頷く三人へと、聖も頷き返す。

「はい、それじゃあ、また」

聖と春樹は、そのまま空へと浮かび上がる。

手を振るシルビアたちに、大きく手を振りかえして、そして今度こそ二人は旅立った。

「とりあえず、このまま真っ直ぐでいいんだよな？」

「うん、この【方位君】によればひたすら真っ直ぐ」

「了解っと」

【方位君】とは、セバスチャンから貰った、目的地を指し示す方位磁石のようなアイテムだ。それが指し示す方向は、どこまでも見渡す限りの青い海。

ひょっとしたら美味しい魚がいるかもしれないな、と思いながら空の旅へと出発するのだった。


「……春樹、疲れた」

「……ああ、さすがに疲れたな。たぶんもうちょいしたら休めると思うんだが……」

空を行くこと早数時間。

いくら天気がよかろうが、ずっと箒に乗っているのは正直疲れる。多少とはいえ魔力はずっと減り続けているし、なにより上空は少し寒い。

この世界に来た時に着ていたコートを羽織ったのだが、それでもまだ少し肌寒かった。

あまり気にしていなかったが、そろそろ服も買い足すべきかもしれない、などと聖が考えていると、眼下に目的のものが見えてきた。

「お？　あれじゃないか？」

「わー、すごい。ほんとにあった」

二人はゆっくりと高度を下げていく。

そこにあったのは海の上に浮かぶ、蓮（はす）の葉を巨大化したような葉っぱたち。魔物の一種だが、人に危害を加えることもなく、ただ浮いているだけらしく、休憩場所として利用されることもあるとセバスチャンから聞いていた。

その中の一つに降りてみると、丈夫な絨毯（じゅうたん）に乗ったような感覚があり、頑丈そうだった。

この葉がなければ、二人乗りで交互に休憩を挟みつつ飛び続けなければならなかっただろう。

「あー、地面だ。ちょっと足もとがふわふわするけど」

「いいな足がつくって……ほんとに頑丈だな、揺れもないし」

「うん、揺れない！　酔わない！　やったね！」

「だよなー」

両足を投げ出して座り、コートも脱ぐ。やはり上空に比べて暖かい。

そのまましばし疲れを癒すようにぼーっとしていた二人だが、同時にぐーっとお腹が鳴った。

「ご飯にしよう」

「おう、ご飯だ」

念のため【守るくん】を適当に広げ、ご飯の準備……といっても、今日食べるものは決めてある。

大地から貰った【ナナキ特製どんぶり】だ。

「「いっただっきまーす」」

開けてびっくり、なんとマグロの山かけ丼だった。ご飯の上に載ったマグロにとろろがかかり、その上にはネギが載っている。

「うー、やっぱ美味しい！」

「ああ、美味いな！」

「マグロにとろろ……どっかにあるんだよね、これ」

「そうだな、まだ見たことないよな」

もぐもぐ食べつつ考えるのは、どこにこの食材があるのかということ。もちろん、主夫の目で見ても相変わらず【食材は謎】の表記のみ。

だが、間違いなくこの世界のどこかにはあるはずなのだ。名前は微妙に違うだろうし、叫んだり目があったり踊ったりするかもしれないが。

「あー、美味しかった」

「だよなー。疲れもとれたしなー」

「ほんと、大地さんには感謝だね」

「だなー」

弁当と同様に回復効果があったので、ばっちり回復する。

だが、今日はもう箒に乗る気にはなれなかった。

「……今日はここまででいいんじゃない？」

「……だよなー、別にのんびりでもいいよなー」

「……ねー」

食後のまったり感のまま、再びぼーっと、どこまでも遮るもののない海を眺める。

よく考えたら、この世界に来て、これほどゆっくりしたのは初めてかもしれなかった。

「いいねー、こういうのー」

「ほんとだなー」

本当にまったり、のんびり、ぼーっとしていると、目の前をぱちゃっと何かが飛び出して、そして再びぽちゃっと戻って行った。

「……」

「……」

「ねえ、春樹」

「なんだ、聖」

「見間違いじゃなければさ、今、変なの、いたよね？」

「ああ、いたな。俺には魚の開きに見えたな」

「……だよねー」

おかしいなー、目の錯覚かなー、と二人揃って首を傾げていると、再びぱちゃっと目の前で音がした。

「「…………」」

しばしの沈黙ののち、二人は顔を見合わせる。

「本当に魚の開きだったよ⁉　おかしくない⁉」

「見間違いじゃなかった！　なんだあれ⁉」

二人の目に見えたのは、間違いなく、確実に開かれた魚だった。

料理などしたことのない人が「ああいう魚がいるんじゃないんですか？」なんてことを言っているのをテレビで見たことがあるが、まさにそれがまんま現実になっている。料理をしない春樹でさえも、そんなものがいないということは知っている。

二人は慌てて葉っぱの縁へと寄り、海の中を覗き込む。海は、透明度がものすごく高く、それゆえ、とてもよく見えた。問題の魚も。

【ヒラキ】

魚を切り開いたような状態で泳ぐ魔魚。

目のついた方向しか見えないので、上を向いたり下を向いたりと忙しい。

ちなみに骨がよく見えるのが自慢で飛び跳ねるのが好き。

「食べたい！」

「食べる！」

即決した。

だが、問題はどうやって獲るか。最高の状態で味わうために、できれば包丁で仕留めたいと二人が考えるのは当然のことだった。

「網とかはないしね……」

「さすがに剣の柄で殴るってのも、ちょっと難しそうだしな……」

なにせここは海の上。せめて、長い棒のようなものがあれば飛び出したところをこちら側に叩き落とせそうなのだが、などと聖が考えていると、春樹が何かを思いついたのか顔を上げた。

「春樹？」

そしてタイミングよくぱちゃっと音がする。

その瞬間、春樹は取り出したそれを使い、手繰り寄せるようにこちら側へと魚を叩き落とした。

「聖！　包丁！」

「あ、うん」

春樹の声に、慌てて包丁を取り出した聖は、光っている目の部分を刺して仕留める。

この光っているところが急所というか、仕留めるには最適な場所らしく、ここを外すと包丁といえども味が違うことがわかっている。なので、慎重に、正確にそこを刺す。

その結果は、最高級のヒラキとなった。

「うん、成功！」

「よっし！」

「でもよく思いついたね、春樹」

「ああ、ちょうどいいだろ！」

春樹が使ったのは箒。

確かに長さ的にはちょうどよかったが、まさか箒もこんなことに使われるとは思わなかっただろう。ヘイゼンが見たら確実に微妙な表情をすること間違いなしだった。

だからといって、聖と春樹にそれをやめるという選択肢などあるはずもないが。

「じゃあ、今日の残り時間は釣りだな！」

「そうだね！」

それを釣りと言っていいのかは疑問だが、魚を獲ることには間違いない。

嬉々として、目の前で飛び跳ねる魚を見つけては春樹が箒で叩き落とし、聖が止めを刺していく。

そんなことをしばし、というかだいぶ続けていると、ふと包丁を握った聖の目にそれが飛び込んできた。

『食材です』


いや、ずっと仕留めている魚にはもちろんその表記があるのだが、対象は魚ではなかった。

「……春樹、これ食材だ」

「あ？　どれだって？」

「これ」

聖が指さしたのは足もと。巨大な葉っぱの魔物に対して、食材表記はあった。


【アロエーグルト】

特に何も考えずに浮いているだけの葉っぱ。切れても千切れてもすぐに再生するほど頑丈。

皮をむいて生で食べるのがおすすめ。


「……アロエ？」

「……ヨーグルト？」

どう考えても名前からはそれしか浮かばない。

とりあえず食べてみようと、聖は辺りを見回すが、仕留める必要がないのか特にどこも光らない。

けれど、さらにじっと見ていると、あちこちに矢印が現れた。

(なんだこれ？　えっと、もしかしてここを切ればいいのかな……？)

何となくそんな感じがした聖は、一番近くにあった矢印をざくっと適当に切る。最高級の文字が出たのを確認し、皮をむく。そして春樹にも差し出しながら一口食べてみた。

「あ、そのまんま！」

「ほんとだな！　なんかすげぇ瑞々しい！」

それはまさに、ヨーグルトに入ったアロエの味だった。

しかも噛むとあふれんばかりの果汁が口の中いっぱいに広がり、のど越しもいい。

「美味しいこれ！　デザート！」

「ジュースにもなるな！」

言いながら、聖はざくざくと問答無用で切り取っていく。

足場なのにそんなに切って大丈夫なのかと普通なら不安になるような状況だが、気がつけば何事もなかったように元に戻っている。頑丈というか、驚異的な回復力だった。

だが、聖も春樹もそんなことなど特に気にしない。聖が切り取り、春樹が収納。ひたすらそれを繰り返し、気がつけばもう、日が沈もうとしていた。

「えっと、ご飯でしょ、ヒラキはシンプルに焼いて、あとはどうしようか……」

真っ暗になる前にと、聖は夕食の準備を始める。

ヒラキ以外は、イエローベアーの肉と大根ぽいものを、つゆで味付けして煮ることにした。

「お？　その大根て、あれか？」

「そう、踊ってたやつ」


【ダイコンサー】

いつか大舞台に立ちたいと日夜踊り続ける野菜。調理する際にはまず足を切り落とそう。生は辛く、火を通すと甘い。


多少というか、かなりの勇気が切る際に必要な野菜だった。

だが、食べたいので気合でスパッといき、何事もなかったように静かになったダイコンサーを適当に切って鍋に入れ、ベアー肉と一緒に煮ていく。

「いい匂い」

「こっちのヒラキもいい感じだぞ」

「いい焼き加減だね」

火の通り具合などを確認し、いい感じに出来上がったのでさっそく食べることにする。

海の上で食べるにしては、なんとも豪華な夕食になった。

「「いただきます」」

まずは焼いたヒラキを一口。

「脂がのってて美味しいっ、ご飯がすすむよ！」

「つか、すごい美味いホッケだよなこれ！」

ヒラキはホッケのような味だった。さらに期待を込めて煮物にも手を伸ばす。

「あ、大根もどきが甘い！」

「ほんとだ。美味いなこれ、肉も柔らかいし生姜がきいてる！」

どれもこれも美味しい。

本当にこの世界の食べ物は、信じられないほど美味しくてびっくりするなと聖は思う。

（……まあ、食材そのものが違う意味でびっくりするんだけどね）

そんなことを考えていると、つい笑みが零れる。

「ん？　どうかしたのか？」

「いや、こんなところでこんな美味しいものが食べられるなんて、考えもしなかったなぁって」

何もない海の上での夕食は、元の世界では到底考えられないシチュエーションだった。

その言葉に一瞬きょとんとした春樹だが、次の瞬間には同じように笑う。

「ま、そりゃそうだ」

「だよね。……楽しいね、春樹」

「ああ、楽しいな」

波の音を聞きながら、のんびりと夕食を堪能する。どれもこれも、実に美味だった。

あとは味噌汁があれば完璧なのだが、残念ながら味噌はまだ見つけていない。

「あー、美味かったな」

「うん、今日も完食だね！」

あっという間に食べ終えると、食後は炭酸水を用意し、それにアロエーグルトを搾って入れる。

いい感じに甘かった。

「これ、ウィクトさんが食いつきそうだよね」

「だよな。てかこれも情報提供になりそうだよな。まあ、提供したところでアロエーグルトを手に入れられるかは微妙だけどな」

「まあねー……そういえばイースティンに着いたら、まずどうする？」

聖の言葉に、春樹が目を輝かせて即答した。

「そりゃまずは、伝説の剣があるダンジョンだろ！」

「まあ、そうだよね。そういえばそこって、ランク聞いてないけどあるのかな？」

「あー、その問題があったか。忘れてたな」

春樹は苦笑いを浮かべる。いくら入りたくとも、ランクが合わなければ入れない。

「大地さんも言ってなかったしね。たぶんランクとか知らなかったんだと思うけど」

「だろうな。あー、でもなんか低そうじゃないか？」

「んー、確かになんか観光ダンジョン的な感じはしたかな。聞いた限りでは」

「だろ？　ま、それは行けばわかるだろ。それでダメだったらまた今度にすればいいしな」

行きたがっている割にはあっさりと、春樹はそう口にする。それに聖は笑った。

「ま、時間はあるしね」

「そういうことだ」

「……じゃあ、そのあとはどうする？」

問題はそのあと。

ダリスのフレーラが何か用があると言っていたし、デウニッツのヘイゼンのところにも顔を出さなければならない。ヘイゼンは全く急ぎではないのだが、グレイスが早めに顔を出してほしいと言っていたので、何かあるのかもしれない。

思いつく限りのことをつらつらと挙げて、聖は言う。

「……なんか、こう考えると意外とやることあったね」

「そう、だな。あとなんかまだあったような……」

しばし首を傾げて、同時に思い出した。

「サンドラス王国のお祭り！」

「そうだ祭りだ！　もう少ししたらあるって言ってたよな？」

冒険者になって最初の依頼だったルーカスとの旅の途中、建国祭があるという話を聞いていたのだ。

異世界のお祭りなんて、ぜひとも行ってみたい。そして美味しいものが食べたかった。

「ルーカスさん元気かな？」

「元気だろ、あの人は……それより俺は今、とても大事なことに気がついた」

「何？」

「ランクが足りない」

「ランク？」

「冒険者ランクが足りない」

「え？」

いきなり何を言い出すのか。聖が意味がわからず首を傾げると、春樹は拳を握って叫んだ。

「キノコダンジョンに入れない!!」

「あ」

その言葉に聖も思い出した。

確か【魅惑（みわく）のキノコ】という名のキノコ尽くしのダンジョンが、サンドラス王国にあるとルーカスが言っていた。そのランクはC。

現在、聖と春樹のランクはEであり、問題外であった。

「……まあ、依頼とかこの間まで忘れてたしね」

ベアーを狩るまで、ダリスを出て以来全く依頼を受けていなかった二人。

普通ならお金が無くなるので死活問題なのだが、炭酸水の販売や情報提供など、割とまとまったお金が入っていたことから、依頼を受けなくとも特に問題なかったのだ。

というか、魔法の修業できれいさっぱり忘れていたという方が、正しいのかもしれない。

「……イースティンに着いたら、依頼見ような」

「あー、うん」

真面目な顔で告げる春樹に頷いたが、正直なところ、聖には別にランクに対してのこだわりはない。

ないのだが、美味しいダンジョンがあるということが問題で、ランクを上げなければその美味しいものが食べられないという。なんとも悩ましい現実だった。

「まあ、依頼受けるのはいいんだけど、できるだけイースティンは早く出た方がよくない？」

「あー、まあな……じゃあグレンゼンに入ってからの方がいいか？」

「うん、なんとなく面倒くさそうな気がする。ほら、聖女とかさ」

「……確かにな」

大地から聞いていた、一緒に召喚された少女——聖女の情報。

大地が訓練途中にちらりと見かけた時には、やたらと顔のいい騎士に囲まれていて、実に楽しそうにしていたのが印象に残っている、と言っていた。

「なんか大地さんと違って、帰る気もなくばっちり順応してるっぽいよね、その子」

「……なんかこう、盛大に勘違いしてる気がするよな……」

二人は思わず顔を見合わせる。

なぜだろうか、ものすごく嫌な予感がしてくるのは。

「……まさか、会ったりしないよね？」

「……聖、それな、フラグって言うんだ……」

「……」

春樹の何かを諦めたような眼差しと口調に、聖は一瞬沈黙したが、すぐさま気を取り直して言う。

「うん、考えてもどうしようもないし、やめよう！」

「そうだな！　そん時はそん時だ！」

嫌なことは頭から追い出して、さあ明日に備えて寝ようか、と二人揃って布団を取り出した。

現実逃避、それは人生において大事なことだった。


——深夜。静まり返った海を泳ぐ、大型の魔物がいた。

名前は【クジラー】。

聖と春樹が見たら、まんまクジラだと思うような名前と見た目の魔物だ。性格はとても温厚で、滅多に人を襲うことはないとされている。

そんなクジラーの趣味は、大きく口を開けて泳ぎながら、たくさんのものを呑み込み、そして背中から盛大に吹き飛ばすこと。

そんなクジラーの一頭が今日、この海域を、口を開けてがーっと泳いでいた。

この海域には大きな葉っぱが浮かんでいる。

それを呑み込むのはすごく楽しいし、喉(のど)を通り抜けるのが気持ちよく、とてもお気に入り。だからクジラーはご機嫌で進んでいく。

『♪』

そして、いつも通り葉っぱが見えたのでさらに大きく口を開けてがーっと進む。

葉っぱがたくさん入ってきて面白い。

『?』

だがクジラーは、途中で首を傾げて止まった。

なにか葉っぱじゃないものを呑み込んだ感触があったからだ。

丸くて大きなもの。

なんだろう、何か葉っぱの上にあったのかな？　とちょっと後ろを振り返る。

だが、もちろん何もない。

なんだったんだろう。でも、喉を通った何かは面白くて気持ちよかった。

ひょっとしたらまたあるかもしれないと、気分が上がる。

『♪』

楽しい、うれしい。

そんなご機嫌な気持ちで、クジラーは口を大きく開けて、再びがーっと泳ぎ出した。

そして、静かな海が戻ってくる。

もちろん後には『なにも』ない。

4章　イースティンにて

その男の仕事は、海の監視だった。

高い塔の上から、日がな一日ひたすら海を眺めるだけの、そんなお仕事。

だからといって決して適当にやっているわけではなく、特にこの季節はいつも以上に気を遣う。

クジラーがやってくるからだ。

クジラーは、別に何か悪さをするわけでも人的被害を出すわけでもなく、いたって温厚な魔物であり、見た目から女性や子供に人気がある。

そのため、危険性は特にないのだが、監視する理由はその習性にある。

この場所を気に入っているのか嫌っているのかは不明だが、この時期になると数回、決まった位置で思いっきり潮を吹き上げるのだ。それはもういろいろなものと一緒に。

なにせ遥か彼方遠くから大量に呑み込んできているようで、膨大な量のいろいろなものが海面を埋め尽くす。

そうして監視の男は、清掃という過酷な仕事にも駆り出される。

だが、そのいろいろの中には、たまに価値の高いものもあり、ものによっては自分のものにすることもできる。そのため、大変な仕事なのだがそれなりに人気は高い。

「そろそろ、なんだがなぁ……」

男は呟き、欠伸（あくび）を一つ。

もうすぐお昼時、今日の弁当は何だろうな、と思いながら海を眺めていると、それが目に入った。

「お？」

徐々に近づく大きな姿は、まさしくクジラー。すぐさま到来を知らせる合図を出し、じっと観察を続ける。

完全にその姿が見える範囲までやって来たクジラーは、口を閉じると一度大きく体を震わせ、そして――

「おお、今回もまた盛大で……ん？」

高く高く上がる水しぶき。そして飛び散るいろいろなもの。その中の一つを目にして男は呟く。

「……ああ、今回は別の意味で大当たりか」

過去にも例がなかったわけではない。

なので、慌てず騒がず、いたって冷静に男は叫んだ。

「人が飛んだぞー！　誰か救助に行けー!!」

遡（さかのぼ）ることおよそ半日前。

突然の衝撃に見舞われた聖と春樹は、よくわからない状況下にあった。

「……聖！　平気か⁉」

「め、目が回る……」

葉っぱの上で寝ていたはずの二人を襲ったのは、突如回転ジェットコースターに乗せられたかのような衝撃だった。

ふと気がつけばそれは収まってはいたが、聖はいまだ目も開けられず、上下の感覚もわからない。すべてがぐるんぐるんと回っている。

「とりあえず食え！」

「んぐ⁉」

よって、見かねた春樹により強制的にレモンの実を口に突っ込まれた。

食べすぎてもはや安心する衝撃的なすっぱさに、すべてが吹き飛ぶ。

「うー、戻った、けど、相変わらず慣れない、無理」

「……まあ、それに慣れたらお終いだよな。たぶん」

「……だよね」

それでも何とか立ち直った聖は、若干涙目になりつつ辺りを見回す。

やや薄暗くはっきりとは見えないが、どうやら葉っぱに乗ったままどこかを漂っているらしいことがわかる。先ほどまでいた海ではないことだけは確かだった。

「……えーと？」

「……あー、とりあえず見てみろ」

「……なんか、あんまり見たくないなぁ」

どうやら先に、主夫の目で辺りを確認したらしい春樹に促された聖は、嫌な予感がしつつも仕方なく見る。


【クジラーのお腹の中】

丸呑みされたけど咀嚼（そしゃく）されてないから大丈夫。

そのうちぴゅーっと外に出されるので、それまで待機。

特に害はない。


「……いや、害はないとか言われても」

全く安心できなかった。確かに咀嚼されなくてよかったとは思うが、そういう問題でもない。なにせ丸呑みされてしまっているのだ。

「クジラーって、クジラ？」

「じゃないのか？　この世界のネーミング的に」

「だよねー」

まさか丸呑みされるなんて夢にも思わなかったな、と聖は若干遠い目をしつつ、少し離れた場所に落ちている布団を片付ける。

布団があんな場所に弾き飛ばされる程シャッフルされても無事だったのは、【守るくん】のおかげだった。

「ほんとに高性能だよね」

「そう？」

「ああ、でもとりあえず消してもいいんじゃないか？」

春樹が大丈夫と言うならたぶん大丈夫なのだろうと、聖は【守るくん】も片付ける。

そのまましばし、漂うがままに流されていると、あるところでストップした。そして、急に明るくなり視界が開けた。

「なんだここ、明るいし広いな」

「うん、なんか、全体が光ってるっていうか……」

巨大なドーム状になったその場所は、壁全体が薄く光を放っており、水中までとてもよく見える。

「ねえ、これって全部呑み込まれたものだよね？」

「たぶん、な。あー、なんつーかごちゃごちゃ？」

「うん、ごちゃごちゃ」

そう、ごちゃごちゃっとたくさんのものがそこにはあった。だから、葉っぱの流れが止まったのだとよくわかる。と、その中の一つを、水中に手を突っ込んだ春樹が引き上げた。

「聖！　宝箱だ！」

「は？　あ、ほんとだ……いや、でもこれって……」

それはダリスのダンジョンで見たような木製の宝箱。条件反射で主夫の目を発動させるが、内容はやはり微妙だった。


【さすらいの宝箱】

離れ離れになった相棒を捜すこと幾星霜。

ああ、いったい君はどこにいるというのか？

開かない。


「……相棒って、鍵か？」

「……うん、だろうね」

「「……」」

二人はなんとなく無言で辺りを見回し、そして適当に手を突っ込む。

なぜだろう、すぐに見つかる、そんな気がした。

「あ、あった」

「やっぱりか」

あっさりと見つけた鍵を宝箱の鍵穴に入れると、吸い込まれるようにして消えた。

そして仰々しい光を放ちながら蓋が開く。少しだけわくわくとして中を覗いたのだが――

「って、何もないのかよ⁉」

「……」

なかった。何にも入ってなかった。期待外れもいいとこであった。

「あー、うん。新しいパターンだね」

春樹の叫びを聞きながら、聖は冷静に主夫の目で再確認。


【安定の宝箱】

やっと君という鍵を得て、完全なものになれた。さあ、なんでも入れたまえ！


「……いや、入れたまえ、とか言われても……」

「これ、リリースしてもいいか？」

春樹が半眼で言う。

「まあ、気持ちはわかるけど……この世界の宝箱だしね……」

聖は達観したように呟く。今更何があっても驚かない……のは無理だけど、そういうものだと諦めるしかない。

「それはともかく、他にもなんかないかな？」

「そだな」

とりあえずそれは横に置いておいて、水中を物色することにした。物色と言っても適当に手を突っ込んで適当にとるだけなのだが。

「……指輪？」

「……ピアス、か？」

「あ、なんか綺麗な石だ」

「こっちはネックレスだな」

「また、指輪っぽいもの」

「腕輪もあるな」

などなど、やたらと装飾品ぽいものが次々に見つかる。途中からは何が見つかるのか楽しくなってしまい、次から次へと引き上げる。

ちなみに食べものっぽいものも見えてはいるのだが、それはさすがにいろいろと怖いので無視した。

そうして気がつけば、小さな山ができていた。

「ええと、どうしようか、これ」

「どうするってもな……」

一応主夫の目で確認はしたが、価値がわからなかった。

いや、正確には、価値があることはわかったが、詳細がわからない。

なにせ表示はすべて【たぶん、それなりにすごいものだと思うよ、たぶん】というふざけた文字のみ。早く主夫の目のレベルが上がらないものかと切に願う。

「そのうちわかるかもしれないし、とりあえず収納しとこうか」

「ああ、だよな……ってそこに入れるのか？」

せっせと収納し始めた聖の行動に、春樹がやや呆れたような顔をする。ちなみに、そこ、とは最初に引き上げた宝箱のことだった。

「なんとなく？　一応ほら、宝箱っていったら宝石っぽいし。それにまとめといた方がわかりやすそうじゃない？」

アイテムボックスに入れれば、取り出したいものはすぐに出せるのでわかりやすいも何もないのだが、そこは聖の感覚的な問題だった。全部入れて、そのまま収納する。

「さて、と。これで綺麗に片付いたけどさ……いつ、出れるんだろ」

「あー、いつだろなー」

相変わらず葉っぱは動かず、周りに雑多なものが浮かんでいる。

だが、さすがにもう何かをとってみる気にはなれなかった。

そして、どのくらいの時間が経っただろうか。ゆっくりと、再び葉っぱが流れ始めた。

「あ、動いた」

「そうだな。ってかなんか速くないか？」

「ちょ、っと、そういえばこれって、どうやって外にっ⁉」

「うわっ！　ちょ、なんか引っ張られるっ⁉」

あっという間に、再び回転ジェットコースターに叩き込まれる二人。

【守るくん】を出す暇はなく、葉っぱにしがみついたまま、わけもわからずぐるんぐるん回りながら流され、吸い上げられるように上昇して、そして――ぽん、とあっさりと外へ放り出される。

「「へ？」」

青い空、覚えのあるこの感覚。

「「うわぁぁぁぁぁぁぁぁぁ⁉」」

もちろん、そのまま落ちた。

盛大に水しぶきを上げながら海へと叩き落とされ、わけもわからずもがいていると誰かに引っ張り上げられる。

「大丈夫か？」

「だ、だいじょっ」

「し、死ぬかと思ったっ」

げほげほと咳き込みながら、二人は何とか息を整える。

そうして、助けてくれたらしい人物へとお礼を言って、まずは現在地を尋ねた。

一瞬きょとんとされたが、すぐさま納得したのか口を開く。

「ああ、ここはイースティン聖王国の王都だ」

そう言って男は笑った。

「ようこそ、聖なる王国へ」


「じゃあとりあえず、事情を聴こうか。まずは……なんでクジラーに呑まれたんだ？」

陸地へ戻り通された部屋でそう言ったのは、ノルダードと名乗った厳(いか)つい顔をした壮年の男性。

いかにも騎士っぽいが、このクジラー騒動のただの現場責任者だという。

聖も春樹も、それは絶対嘘だとは思ったが、その辺の事情は関係なかったので、気にしないことにした。

そして、出されたお茶や軽食をありがたくいただきながら、さてなんと答えるのが正解だろうかと考える。

「なんでと言われても正直困るんですが……あの巨大な葉っぱの上で休憩していたら呑まれた、としか……」

考えたのだが、結局はありのままの事実を聖は口にした。寝ていて気づいたら呑まれていた、が正しいのだがそこまで言う必要はないだろう。

ただ、返事を聞いたノルダードの視線が鋭くなり、聖も春樹も内心首を傾げる。

「……あの葉は海のど真ん中にあるものだ。なぜそんなところで休憩する羽目になる」

「なんでって、そこに葉っぱがあったからちょうどいいかな、と」

「そうではない」

さらにノルダードの眉間にしわが寄ったが、聖にはこれ以上答えようがない。

(……なんでこんなに警戒されてるのかな？　でも本当のことしか言ってないんだけど……)

これ以上何を言っていいのかわからず、聖は困ったように沈黙する。

実はあの巨大な葉っぱ、旅人の休憩場所として利用されているのは本当だが、実際に利用するのはごく少数に限られている。

そのためノルダードは嘘だと判断したのだが、聖と春樹は当然それを知る由もなかった。

と、そこで春樹が気づいた。

「……まさかとは思うが、普通、あそこで休憩はしない、のか？」

「え、そうなの!?」

驚く聖。だが、ノルダードは何を当たり前のことを、といった表情で頷く。

「当然だろう。海は船を使って渡るものだ、なぜ途中で危険を冒してまで、わざわざ葉の上で休憩などする必要がある？　そんなことをするのは一部の頭のおかしい酔狂な者しかいない」

「「……」」

二人は「一部の頭のおかしい酔狂な者」扱いされたことに、沈黙した。だが、あの休憩は必要だったのだから仕方がない。

春樹がなんとも言えない表情をしながら、それでも口を開く。

「……あー、俺たちは魔法都市デウニッツでこの間まで学んでいた」

「……それがなんだ？」

「だから、空を飛ぶ資格を持っている、と言えばわかるか？」

「なにっ⁉」

ノルダードが驚きに目を見開いた。

なにせ空飛ぶ資格を持つには、多大な修練と才能が必要だと聞いている。

その資格を、このどう見てもまだ少年、と呼んでもいいぐらいの二人が有しているということに、彼は驚きを隠せなかった。

けれど、論より証拠とばかりに目の前に箒を出され、その印を確認してしまえば、それが本物だと理解できた。できて、しまった。

「……なるほど、それならば理解できる。それで海を渡るとなれば、休憩も必要、だろう」

「あ、よかったです。えーとそれで、あとは何か？」

「ああ、ではこの国を目指していたと聞いているが、目的は？」

「観光です」

「は？」

「正確に言うと、ええと名前はわからないんですけど、なんでも伝説の剣があるっていうダンジョンに行ってみたいなと思いまして」

ダンジョンに行く、という行動はまさしく冒険者。だが聖の口ぶりは、どう考えても観光目的だった。伝説の剣が見てみたい、ただそれだけだ。

ノルダードが静かに頭を抱えるのを、不思議なこともあるもんだと、聖と春樹は眺める。

しばしそうしていたノルダードだったが、どこか疲れたように、深く、とても深く息を吐いた。

「……目的は理解した。行ってよし」


去っていく二人を見送って、ノルダードは再度深々とため息をつく。

「よろしかったのですか？」

「冒険者ギルドのカードも本物、箒の印も本物、目的に関しても嘘をついている素振りもない」

副官の問いかけに、ノルダードは淡々と告げる。

二人は、どう見てもいいところのお坊ちゃんとその護衛にしか見えないが、これ以上の情報は引き出せそうになかった。

目的も身分も、本当かもしれないし嘘かもしれない。だが、偽っていた場合は相当の切れ者であり実力者であることは間違いないだろう。

「……どこの者でしょうね」

「そうだな。今のこの時期に、な」

他国のスパイなど常日頃から珍しくなどない。だが、とても慎重にならざるをえない、今この時期だけは別だった。

現在この国には、二か月ほど前に行われた召喚の儀により、聖女と勇者が現れており、そのことを知らない者はいない。

そして、その勇者が魔王の卑劣な罠にかかり、存在を消されたということも。

「……聖女様のお力が満ちれば、すべてが報われる」

ノルダードは祈るように呟く。

時がくれば、伝説の剣が国へと返り、すべてのものから守られるとの言い伝えを、彼らは信じて疑わない。

だからこそ今、聖女の害となる者が現れないよう、この国へと出入りする者はひどく警戒されていた。

「……監視はつけますか？」

「そうだな、一応つけておけ」

「わかりました」

一礼をし、すぐさま踵を返した副官を見送って、ノルダードも報告を上げるために立ち上がった。

一方その頃、とんでもない疑惑をかけられていることなど知りもしない二人は、呑気に町を探索していた。

「わー、賑わってるね！」

「そうだな、さすが王都だな！」

人族至上主義と聞いていたため、いったいどんな国なのかと警戒していたのだが、見た限りは極々普通だった。

しいて言えば、他の国では見かけたエルフなどの人族以外の人種がどこにも見えないということだろうか。

そのことに若干の違和感を抱きはするが、元の世界では当たり前の光景だということもあり、それはすぐに薄れていった。

「……なんか遠くの高台に、すっごく立派そうな建物が見えるけど……お城？」

「あー、それっぽいな。はっきりとは見えないけどたぶん城だな」

「ちょっと近くで見てみたい気もするよね、どうせなら」

「だよな」

アルデリート魔王国の城もすごかったが、国が違えば趣もまるで違う。ぜひともこの国の城も見てみたいと、完全に観光気分の二人はそう思った。

「ま、とりあえずはギルドだけどな……と、あった」

「それじゃあ、おじゃまします、と」

何の抵抗もなく中へと入ると、一瞬視線が集まるがすぐに逸らされる。

それに二人は内心首を傾げるも、すぐにまあいいか、と空いている受付へと向かった。

そこにいた、スキンヘッドでとてもガタイのいい男性が、二人を見て声を発する。

「あらん、何のご用かしらん？」

もう一度言おう。

頭がつるりと光り、ムキッとした筋肉を持つ男性、である。

二人は自然と回れ右をした。

なかったことにしたい、ただそれだけの思いで元来た道を戻ろうとする。

だが、それは叶わなかった。

「あらあら、どこに行く気かしらん？　お行儀の悪い子はお仕置きよん？」

がっしりと襟首を掴まれ、椅子へと座らされる。

視界の隅には、はっきりと憐れみのこもった目でこちらを見る冒険者たちの姿があった。

が、助けは期待できない。それどころか「……生贄か」という呟きすら聞こえる。

どういうことだと問いただしたかった二人だが、その機会は与えられなかった。

「さ、どうぞ。ご用件はなにかしらん？」

笑顔で促され、聖も若干引きつってはいたが笑みを返す。

そして逃げられないことを理解して、仕方がなく、勇気を振り絞って直球で聞くことにした。ちなみに春樹は固まっているので役に立たない。

「……すみません、性別はどちらですか？」

「あらあ？」

驚きに目を丸くした、彼？　彼女？　は面白そうに笑い出す。

「どちらでもあって、どちらでもないのよん。そうね、あえて言うならハーフよ。ちなみにクラウディアって呼んでねん」

「「……」」

ハーフ。いや、間違ってはいない、ある意味確かにハーフではあるのだが……これ以上考えるのを放棄した二人は、とりあえずギルドカードを渡すことにした。

「あらまあ」

そして、それを見たクラウディアは別の意味で目を丸くした。

「あなたたちが話題の……改めまして、私がこの場所での専属よん。よろしくね」

「「え」」

パチンとウインクされて、聖と春樹は再び固まった。そして、驚きの表情のまま、目の前に座るクラウディアを見つめる。

各ギルドに一人は配置される落ち人専属の職員となるには、膨大な量の過去の落ち人の情報を学び、さらに現在の落ち人の動向を常に把握する必要があるなど、優秀でなければ務まらない。

だが、専属となるための一番の条件はその優秀さではない。

何よりもまず必須とされるのは、落ち人に興味を持っていること。

そして、落ち人が何かをやらかしたとしても、それを受け入れることができるという広い器が、何よりも重要だとされている。

そのため、専属の者はどうにもアクが強いというかキャラが濃いというか、変人奇人の巣窟(そうくつ)である、自分以外は——と以前ウィクトが言っていたのを聖は何となく思い出していた。

(まあ、ウィクトさん、自分のことは除外してたけど……十分そのお仲間だよね)

それらを考えると、ここでの専属がクラウディアだというのも、なんとなく腑に落ちた。

聖は、頬が盛大に引きつっている春樹をちらりと横目で見て、そして気持ちを切り替える。

「ええと、ではよろしくお願いします」

「はい、お手柔らかにねん。そっちのハルキくんも」

「あ、ああ」

己を立て直した聖とは違い、なんとか返事をするのが精一杯の春樹。しばらく使い物にならないかな、と思いつつ聖は話を進めることにする。

「ではクラウディアさん。えっと、僕たち伝説の剣があるっていうダンジョンに行きたいんですけど、ランクはどうなんでしょうか」

「ああ、ダンジョン【お散歩日和】に行きたいのねん」

うんうん、と微笑ましそうに頷くクラウディアを余所に、聖は名前が気になって仕方がない。

そしてダンジョンというフレーズに反応したのか、ようやく復活した春樹も同じように首を傾げていた。

「名前が気になるんでしょう？　あそこは最低ランクのF。行ってみればわかるんだけど、本当にお散歩に最適なダンジョンなのよん？　私もよく行くわ」

「……お散歩ダンジョン」

「……そこに伝説の剣か」

クラウディアの説明には、『伝説』感が限りなく存在しなかった。

何となく、大地からの情報で観光ダンジョン的な感じはするなぁと思ってはいたが、観光を通り越してお散歩コースだとはさすがに予想できない。

なぜそんなところに伝説の剣があるのか、もはや理解不能だった。

「……まあ、考えてることは何となくわかるんだけど、それ、この国の人には言っちゃだめよ？」

「「え？」」

「みんな本気で伝説の剣を神聖なものとして扱ってるから、下手なこと言ったら刺されちゃうわよん？」

口調は軽いが、その目は真剣だったので、二人は素直に口を噤むことにした。

「あ、ちなみに言っておくけど、ギルド職員は別だから問題ないわよん」

クラウディアによると、この国に限ってだが、ギルド職員になるためには他国のギルドで最低一年の研修が必要となる。

けれど、元来保守的なこの国の人たちで職員を目指す者は少ない。

そしてその少数の人たちは、研修で国を出たきり戻ってこない人がほとんどとのこと。

それでも戻ってきた者は、その思想にはなんの問題もないとのことだった。

「実は私もこの国の出身なのよん」

「そう、なんですか？」

「ええ、だから別にここが嫌いなわけじゃないんだけど、一回潰れてきれいさっぱりしてくれないかしらー、なんて思っちゃうのよねぇ」

「「…………」」

クラウディアは、実に清々しい笑顔で、すごいことを言った。本当はこの国が大嫌いなんじゃないのかと思った二人だが、口には出せない。

聞かなかったことにしよう——顔を見合わせた二人は、何事もなかったかのように話題を変えた。

「あ、そういえばグレンゼンへの国境門はどのあたりですか？」

何かあった場合の逃げ道を確保したいとの思いから問いかけた聖だったが、なぜかクラウディアは不思議そうに目を瞬かせる。

「……グレンゼンへの国境門までは、ちょっと距離があるわよん？」

「「え？」」

「グレンゼンへの国境門がある町はここから馬車で……どのくらいだったかしら？　とにかく距離があるから……そうね、あなたたちなら一度オーディナル王国に出てしまってから目指した方がいいと思うけど……」

オーディナル王国ってどこだろうかと、二人は思った。

「向こう側に出て一番近いのは確か……チートスって名前の町、ああ、そうね。あなたたちが落ち人認定された最初の町。覚えてるかしらん？」

「えっと、覚えてはいるんですけど……すいません、地理が今ごちゃごちゃです」

「ああ、そもそもオーディナル王国ってのも初めて聞いたし」

「あら、そうなのん？　じゃあ、簡単に説明するわねん」

そう言うとクラウディアは、ざっくりとしたものだが、地図を描いてくれた。

だが、それを見た聖と春樹は頭を抱えた。なんと、グレンゼンへの国境門がある場所はこの王都ではなかった。

おそらく、シルビアたちから最短でグレンゼンに行くためにイースティン聖王国を通るルートを聞き、その後大地から王都のダンジョンのことを聞いたためか、なぜかイースティンの王都からグレンゼンに行けるのだと二人は思っていたのだ。盛大すぎる勘違いだった。

「……ええと、まあ、王都には着けたし……」

「……そう、だな。ちょっと、デウニッツに行くのが遅れるぐらいだ、うん」

問題はない。ないったらない……が、地図ぐらい持つべきかもしれないと二人は思った。すべては今更な話だが。

それを見て察したクラウディアが、何とも言えない微笑みを浮かべる。

「無事に辿り着けてよかったわねぇ、しかも丸呑みされて。運がよかったのかしらん？」

ちなみに、周辺国を含めた大規模な地図は高いから買うのはお勧めしないと言われた二人は、その金額を聞いて諦めた。

情報は何よりも高いとは理解しているが、白金貨とは何事だろうか。

とりあえず、安く買えるこの王都周辺だけの地図を購入しておく。

「それと詳しくは聞かないけど、クジラーの中で何か手に入れていたとしても、それはあなたたちのものだから何も問題ないわよん。でもね、それはちょっと気を付けた方がいいかしらねぇ？」

実に意味深に笑うクラウディアの様子に、二人は首を傾げる。

「こう見えて私、鑑定眼持ちなのよん。だからごめんなさいねぇ、いろいろ見ちゃったんだけど、その称号は知られたら困るかもしれないわねぇ」

クラウディアの言葉に驚き、二人は思わず凝視する。

今まで鑑定眼を持つ人に会うことはなかったので、すっかり気が抜けていた。けれど、気づかなかっただけで、本当はいたのかもしれないということに、思い至った。

「そんな警戒しなくても大丈夫、守秘義務は完璧よん。それよりほら、まずは称号を確認なさいな」

促され、慌ててステータスを確認した二人は、思わず声を上げた。

「「うわ」」


【幸運を呼びよせるもの】

丸呑みされるという稀有な経験をし、その内部で価値あるものを手にした者に与えられる称号。

効果：レアドロップ遭遇率が高くなるかもしれない。ついでに丸呑みされる確率も超アップ。


クラウディアが、少しだけ声を潜めて言う。

「レアドロップ遭遇率が上がるなんて、正直言って貴族たちにとっては格好の獲物よ？　うっかりしたら強制的に王族に召し抱えられるわよ、特にこの国ではね。そんな面倒くさいことには関わりたくないでしょう？」

こくこくと、二人は素直に頷く。

そして聖は、いったいいつの間に称号が付いたのだろうかと考えながら、こっそりとステータスを操作し始める。

（んーと【主夫の隠し事】で隠して……と。これ春樹のもできないのかな、あ、できた。よし、これで問題解決っと）

操作を終え、顔を上げると、なぜかクラウディアが興味深そうな顔でこちらを見ていた。

【鑑定眼】で問題の称号が見えなくなったことを、しっかりと確認していた故の反応であると気づかない聖は、不思議そうにクラウディアを見返す。

「あの、なにか？」

「いいえ？　本当に面白いわぁ、こんなに愉快なのは生まれて初めてかもしれないわねぇ」

「……はあ」

クラウディアの機嫌がとてもいいのは理解できたが、理由はよくわからない。

なので、春樹に視線を向けると、春樹は称号の『丸呑みされる確率も超アップ』に気を取られているようで「海に近づかなければいいのか？」などと呟いている。

だが、聖はそこのところについては、考えるのをすでに放棄している。そもそも『クジラーに丸呑みされる』とは記されていないのだ。

それは、海に近づかなくても、別の何かに丸呑みされる可能性があるということだろう。つまりどこにいようとも、確率は変わらない。ならば考えるだけ無駄だ。

（っていうか、丸呑みするような魔物が他にいるってことが問題なんだけど……春樹、そこには気づいてるのかな……？）

そんな疑念を抱きつつも、春樹が会話に加わる気がないことを察し、聖はそのままクラウディアとの話を続けるのだった。

イースティン聖王国の王都に着いて二日目。

朝から観光と買い物に張りきって出かけた二人は今、木に寄りかかってへばっていた。

「ちょ、ちょっと遠かった！」

「さすがに、歩く距離じゃ、なかったか……」

どうせだからゆっくり歩いて回ろう、なんて思うんじゃなかったと思いながら、ようやく辿り着いたそれを見上げる。

白地に金色の装飾が施された巨大な城が、目の前にあった。

「迫力あるなー」

「ほんとにねー。ついでに入口にいる人もすごいね、なんか」

「ああ、あのぴかーっとしてるのな」

「うん」

城への入口だろう場所に立つ、二人の騎士。身に着けている鎧（よろい）は派手というわけではないのだが、毎日欠かさず綺麗に磨いているのだろうと思えるほど、ぴかーっと光り輝いていた。綺麗に越したことはないとは思うのだが、非常に眩しい。

「城の中はどうなってんだろうな」

「あー、豪華絢爛が好きなんだっけ？　ものすごく金ぴかな気がする」

「見てみたいようなそうでもないような……」

「んーと、俺はもういいかな。十分見た」

そう言うと春樹は、少し苦笑して立ち上がる。

「僕もいいや。戻ろっか」

「ああ……歩き、だよな」

「……途中で馬車とか見つけたら乗ろうね」

「……ああ」

行きは頑張れたが、帰りは辛い。だが、辺りに乗合馬車は見えないので歩くしかない。

そうしてしばし歩いていると、来る時も目に入ったのだが、教会っぽいものが見えてきた。

ぽい、というのは、城と大差ないほど煌(きら)びやかな外見をしているせいだ。

「でかいよなー、これも」

「なんかね……あ、開いてる」

来る時は閉じていたはずの扉が、開いていた。それに好奇心を刺激された二人は、恐る恐る覗いてみる。

元から宗教といったものとは無縁で育ってきたため、聖も春樹も教会というものに行ったことがなかった。

「うわぁ、なんかすごい」

「ああ、すごい絵だな」

入ってすぐ、正面に見えたのは巨大な壁画。近づいてよく見てみると、綺麗な女性が、何か泉のようなところに剣を入れようとしているのが見てとれる。

そこで二人は気づいた。

「……これって」

「……あー、たぶん？」

おそらく、伝説の剣と聖女ではないだろうか。泉のような場所はわからないが、明らかにそれ関連の教会だろうと、二人は当たりを付けた。

迷うことなく、くるりと踵(きびす)を返す。

「うん、もう十分」

「ああ、とっとと出よう」

「ようこそいらっしゃいました！　我が聖なる教会へ！」

振り返った二人の目の前に、いつの間にか近寄ってきていた司祭らしき人物が立ちはだかっていた。不意を突かれた二人は、思わず悲鳴を上げてしまう。

「「うわっ!?」」

「ああ、旅の方ですね。それはさぞご苦労なされたことでしょう！　ですが、もう心配ございません！　この聖なる国に辿り着かれたのです！　穢れはすぐにでも落とされましょう！」

変なのに捕まった。

咄嗟に避けようと、右に行くと右に、左に行くと左に。どちらに行っても前を遮り、通す気のないその態度に、二人の頬が引きつる。

「いや、えっと」

「ああ、申し遅れました私この教会の一司祭をしているものでして」

「そうじゃなくて退け」

「ええ、ええ、穢れはすぐさま落とさなければなりません！」

「いや、ちが」

「そんな時にはこの壺が役に立ちます！　持っているだけでたちまち穢れが吸い込まれる聖なる壺！　今でしたらなんと金貨三枚、たった金貨三枚のお布施でお渡しすることができます！」

「って何の通販だよ!?」

春樹が突っ込むが司祭は聞いちゃいない。真っ黒な壺を持ちながら笑顔で勧めてくる。

「よろしいですか！　この聖なる壺は穢れが払われた時、神聖なる白き壺へと生まれ変わるのです！　これぞまさしく神の御業！」

じゃらじゃらっと、両手や首についたたくさんの宝飾品が揺れる。

それを見て聖は思わず、重たくないのかなー、なんて場違いなことを思い、春樹は徐々に目が据わっていった。

「……無視していいか？」

「うん、できればね」

ちなみに司祭の持った聖なる壺とやらは、一応主夫の目で見てみたのだが、結果は【焦げた壺】だった。

たぶん強く掴んだら割れる、そんな壺。どう頑張っても金貨三枚は完全なるぼったくりであった。

司祭は輝く笑顔で言う。

「さあ、いかがですか？　今ならおまけでもう一壺お付けします！」

「「いりません」」

はっきりきっぱり告げると、一瞬よろけた司祭は驚愕の表情で声を絞り出した。

「なんと……お布施をまけろと⁉」

誰もそんなことは言っていない。

「く、仕方がありません。これも神のお導き、お心深き神は金貨二枚でもお喜びでしょう。さあ！」

「いや、だからいらないって」

「うん、壺とか使わないし」

「まだ神の御慈悲が届かないと言うのですね！　……ああ、神よ、この者たちに何をお与えになればよろしいのでしょうか……」

そのまま跪き、神とやらに祈りを捧げ始めた司祭の横を、二人は今がチャンスとばかりにそっと通り抜けようと試みる。

「なるほど！　わかりました神よ！」

「「うわっ！」」

しかしそうはさせまいと、司祭はバッと立ち上がる。

「迷える旅人たちよ！　神は仰いました、今ならこの聖なる楯を付けると！」

「ください」

「さあ、どうすっ……え？　いるの？」

聖が即答すると、なぜか勧めていたはずの司祭が驚いていた。

だが、聖の答えは変わらない。そして春樹は無言だ。

「……ど、どうぞ、金貨二枚、です」

「はい」

聖は焦げた壺二つと、聖なる楯とやらを受け取る。

司祭はどうにも納得いかない表情をしているが、対する聖は超笑顔だった。それもそのはず。

【フライパン】

すべての食材をそっと受け止め、優しく、時には荒々しく調理する。

この世界に来たことにより進化した結果、決して焦げ付かず、いつも新品同様。


聖なる楯とやらは、聖念願のフライパンであったのだ。だが、何も知らない振りをして聖は聞いてみる。

「ちなみにこの、聖なる楯ってなんですか？」

「ああ、これはたまたま倉庫の奥深くに眠っていた使い道のないもの、ではなくて、そう、遥か昔にこの地に降り立ったとされる、聖女様よりもたらされた伝説の武具なのです！」

いかにも今思いつきました、と言わんばかりの説明であったが、すべてが間違いでもなさそうなところが微妙に悩ましい。

聖女様かどうかはわからないが、持ち込んだのは落ち人で間違いないだろう。

包丁もだが、落ち人が持ち込んだものは、この世界の人が持つ鑑定眼でははっきり内容がわからないのかもしれない。もしかしたら、この説明文は日本語なのかもしれないと、そんなことを考える。

「……そんな伝説の武具なんて貰っていいんですか？」

「ええ、こんなので金貨二枚なんてぼろ儲け！　ではなくて、これこそが神の深き御心なのです！」

もはや取り繕う気があるのかという司祭の言葉に、聖も春樹も若干半眼になる。

「あ、そうですか」

「うん、もうそれでいい」

「ようやくおわかりいただけましたか！　神もお喜びでしょう！　あなた方のようなカモ、じゃなくて迷える人々を導くことが私の使命！　またいつでもおいでください。神も私もいつでもお待ちしております！」

「「…………」」

ついにカモって言ったよこの人、と思いながら外へと出る。ちらりと振り返ると、とてつもなくいい笑顔で司祭が手を振っていた。

そうしてようやく教会から出ることができて、ほっと息をつくと、どっと疲労感が押し寄せてきた。

「……なんか、濃い人だった」

「……つか、司祭って、いいのかあれで？」

神聖なる神に仕える、なんていう雰囲気は微塵もなく、清々しいほど物欲にまみれた司祭。教会の内情は知らないが、それでもあれは駄目だろうと思った。

「……大丈夫かな、この国」

「……いろんな意味でな」

二人は思わず遠い目をする。

人族至上主義とかそういう問題じゃない。あの聖なる教会がやばいと、そう思えてならなかった。

「まあ、でもフライパンくれたし！」

「くれたっていうか、買ったけどな。金貨二枚で」

「でも他じゃ絶対買えないし！」

「まあな」

落ち人の持ち込んだフライパンなんてそうないだろうと、聖は思う。

（っていうか、包丁にフライパンて、どういう状況でこっちに来たんだろうその人……）

そこが少しだけ聖には気になったが、気にしても仕方がない。

「さ、春樹。これで料理の幅が広がるよ！　さっそく食材見に行こう！」

「そうだな！　ついでに武器屋もな！」

「うん！」

次なる楽しみのことを思い、足取り軽く二人は歩き出す……がすぐに、道のりの遠さを思い出して、げんなりしてしまった。

その後は乗合馬車を見つけるまでの辛抱だ、と気合を入れれども見つからず、結局歩いて戻ることになり、疲労困憊（ひろうこんぱい）。何を見る気にもなれずに、宿へと戻った。

そして夕食時、話し上手な女将さんにそのことを話したところ、城まで歩く人はまずいないと言われ、かなり同情された。

しかもどうやら、別の道に城までの乗合馬車が走っていたそうだ。

今更知ってもどうしようもないが、項垂(うなだ)れる二人に苦笑して、一品サービスしてくれたので、それはそれで良しとすることにしたのだった。

そして翌日。今度こそ買い物をすべく、二人は商店街を歩いていた。

「まずはどうする？」

「んー、どうっていうかお米が残りわずか」

「それは最優先だな。米がなくなるのは困る」

重々しく頷くと、春樹はきょろきょろと辺りを注意深く見始める。

「あとは、どうせなら昨日の野菜も欲しいよね。ほうれん草っぽいもの」

「……まあ、美味しかったけどな」

「うん、言いたいことはわかるんだけどね」

聖は思わず苦笑し、夕食時にサービスで出された料理を思い浮かべる。

ほうれん草のおひたしのような味で、とても美味しかった。

だが、目に痛いショッキングピンクという、ちょっと食べ物とは思えない色彩をしており、食べるのにいろんな意味で勇気が必要だったのだ。

とはいえ、欲しいか欲しくないかと言われたら、欲しい。

「あ、あった」

噂をすれば何とやら、タイミングよく見つかった。

「あ？　……あー、あった、な」

色彩からして、おそらく間違いないだろうと思われるのだが、それを見て春樹が頬を引きつらせる。聖もその気持ちはものすごくわかる。

まず、ピンクのほうれん草？　は店先に直立不動で立っていた。それはまあ、いい。いや、よくはないのだがとりあえずいい。問題は長さだった。

「……長いね」

「いや、長いっつーかもう暖簾じゃね？」

「うん、確かに」

店先に立つそれらはとにかく長い。長すぎて、その向こう側にいるだろう店主が全く見えない。

とりあえず、いるはずの店主に向かって、叫んでみることにした。

「すいませーん！」

「あ？　お客さんかい!?」

「そうです！」

「ちょっと待ってな!!」

何かをかき分けるような音がして少し待つと、暖簾、じゃなくて野菜の間からにゅっと顔が出てきた。生首状態でちょっと怖い。

「ほうれん草だね？　いくつ欲しいんだい？」

「「そのまんまだった!?」」

二人は思わず叫んでいた。

何せ今までの野菜たちは、あまりにもふざけたネーミングばかりだったと言うのに、これはそのままほうれん草。その分色がおかしいのだが、どうにも納得できなかった。

「ど、どうかしたのかい？」

「あ、いえ」

まさか名前がまともすぎる、なんてことは到底言えないし、そんなことは店主には関係ない。訝しまれたが、あいまいに誤魔化しつつ購入し、その場を離れる。

「……油断したな、さすが異世界」

「……ほんとだね。まさかこんなところに落とし穴があるとは」

二人はかいてもいない汗を拭う。これは気を引き締めないといけない、とよく意味のわからないことを思いつつ買い物を再開する。

そして、しばし歩くと目的のものを発見した。

「お？　米があるな」

「よかった！　お米だ！」

無事に発見できてよかったと、二人して安堵の息をつく。毎食とは言わないが、一日一食はお米が食べたいのだ。

二人は笑顔で店の中へと入る。

「いらっしゃいませ。どれほどのお米が必要でしょうか？」

すぐに、にこやかな笑顔で店員の女性が迎えてくれる。

「こちらは先ほど入荷したばかりの、生きのいいお米になっております」

「「……？」」

二人は思わず首を傾げる。店員の発した言葉の何かが、とてもひっかかった。だが、いくら考えても答えが出ず、促されるまま入荷したばかりだという米を見る。

そして、二人の顔から表情が抜け落ちた。

「いかがでしょうか？」

いかがもなにも、おかしかった。とても、とてもおかしな光景がそこにはあった。

そして、同時に思い出す。ダリスで買った時、店主が「ちょっと時間が経ったお米」だと言っていたことを。

ただその時は、あまり深くは気にせず聞き流していた。

「とても元気でしょう？」

店員の、誇らしげな声が二人の脳内を通り過ぎていく。

確かに元気だろう、なにせ米粒一つ一つにある顔が輝くような笑みを浮かべていて、元気に飛び跳ねている。だが二人はそれに対して、何の反応もできない。

そんな、言葉もなく無言で見つめる様子に気づいたのか、店員が首を傾げた。

「あら？　ひょっとして生きのいいお米を見るのは初めてでしょうか？」

「『初めてです』」

「まあ、では少し驚くかもしれませんね」

少しではない。だいぶ、だった。

「お米は時間と共に鮮度が落ちます。この愛らしくも可愛らしい笑みがなくなり、飛び跳ねることもなくなります。そして、完全に鮮度が落ちると、何もない、つるりとしたのっぺらぼう状態になってしまう……悲しいことです」

つまり、二人が今まで食べていたお米は、鮮度が完全に落ちた状態のものということになる。だが、春樹がぽつりと呟いた。

「……そんなに、気になるほど悪くなかったよな？」

「……うん、普通にそれなりに美味しいお米だった」

聖も頷く。だが、店員が全力で否定した。

「ぜんっぜん違います！　甘みも旨味も、天と地ほど違うんです！　一度食べたらもう、やみつきですよ！」

力説だった。

「お客さんは運がいいんです！　元からこの国ではあまりお米を食べる文化がないので、本当に、本っ当に、滅多に手に入らないんですよ！」

だからお買い得ですよ！　とまで言われた二人は、つい言い値で買ってしまった。今までの倍近い値段だったが、美味しいと言われると弱い。

ついでにおまけで米糠を貰った。さてどうしようかと聖は首を捻る。

「糠漬けでも作る？」

「それなら、ダイコンサーとかいいんじゃないか？」

「あ、いいかも」

なんて話しつつ、次なる目的地を目指す。

「さて、あとは武器屋だよな」

「ちなみに何欲しいの？」

「ああ、投げナイフとかいいかな、と」

「……それって、僕、使えないかな？」

剣は適性がなく、重くて持てないが、ナイフは持てる。ならば使えるのではないかと思った聖だが、春樹は少し考えたのち首を横に振る。

「いや、無理だろ」

「なんで?」

「ナイフ投げになるとまた別だろうし、普通に戦うなら接近戦になるだろ?」

「うん、無理だね」

春樹の説明を聞いて、聖はあっさりと納得した。ナイフが使える云々以前の問題で、接近戦などできる気はしない。

「お、ここに入ってみるか」

「うん」

と、そこで目についた武器屋に入る。

店内の品揃えはまさに多種多様。剣から弓矢、槍、などなど、とにかくいろいろなものが所狭しと並べられていた。

「すごいね……そういえば春樹、剣はいいの?」

並べられた剣を見て、ふと、聖はそう聞いてみた。

春樹は、マジックバッグに入っていた鉄の剣をずっと使っている。頑丈なので壊れる気配は微塵もないのだが、どうせなら新しい剣が欲しいのではないかと思っての問いだった。

だが、春樹は首を横に振る。

「いや、特に欲しくはないな」

「そうなの？」

「ああ、今ので問題ないしな」

「まあ、ならいいけど」

春樹がいいと言うならいいのだろう。聖は思考を切り替えて、お目当てのナイフを探すことにする。

だがどういう訳か、見渡す限りどこにもナイフが見えない。

不思議に思って店主に聞くと、隅の方に置かれた木箱を指さした。

「悪いな。新品のナイフは扱ってないんだ。お古でよければ好きなだけ持ってってくれ」

中を覗くと、使い古されたナイフがごちゃっと入っていた。

なんでも、客が新しい武器を購入する際に、使わなくなったものを引き取っているが、ナイフだけは使い道がなく箱に入れているのだとか。

「練習用ならそれで十分だ。通常使いなら他を当たってくれ」

そう言われ、二人は顔を見合わせる。確かに練習用も必要と言えば必要なので、あってもいいかもしれない。

「……じゃあ、ありがたく貰ってく？」

「……そう、だな。じゃあちょっと多めに……二十本ぐらい貰ってもいいか？」

「持ってけ持ってけ！　たまる一方だからな、減る分には問題ない！」

「じゃ、遠慮なく」

適当に目についたものを貰って、店を出る。

「ええと、どうする？　他も行ってみる？」

「どうするかな……」

なにせ本来欲しかったのは、ちゃんとしたナイフ。練習用も確かにありがたいのだが、目的は達成していない。

「あとはどこに……」

他の武器屋を探すべく、辺りを見回す。

すると、なにやら後ろの方が少しだけ騒がしい気がした。

「……聖君!?」

そして聞こえた、聞き覚えがある声。

思わずくるりと振り返って、聖は目を見開いた。

「どうしてここに、それに……」

そこにいたのは、同じ学校に通う同級生だった。

彼女の名前は、楠瀬優梨愛。

聖を見て嬉しそうに笑ったその顔が、春樹を見た途端怯えたような表情に変わるのを見て、聖は内心ため息をつく。

すっかり忘れていたが、元の世界ではよく見た光景だった。

「久しぶり、でいいのかな？　楠瀬さん」

改めて優梨愛を見た聖だったが、その内心では、こんな場所で会った驚きよりも、嫌な予感しかしていなかった。

優梨愛は聖を見上げるようにして口を開く。

「あの、どうしてここ――」

「ユリア様！」

だが、優梨愛の言葉は、慌てたようにこちらにやって来た青年によって遮られた。

その青年は、優梨愛の姿を見て安堵の息をつく。

「……ユリア様。急に走り出されては困ります。何かあったらどうするのですか！」

「ごめんなさい」

「……わかってくだされはいいのです。それと、この者たちは？」

二人に向けられた警戒したような視線。だが、聖は特に何の表情も返さず、ただ困ったように優梨愛を見る。

「あのね、元いた世界の友達なの」

「……では、あなた方は落ち人、でしょうか？」

「まあ、そうですね。こちらでは落ち人と呼ばれますね」

別に顔見知り程度で友達でもなんでもないのだが、とりあえず落ち人ということだけ聖が肯定すると、何かを納得したのか青年が頷く。

そんな様子を見ながら、聖は何となく状況が読めていた。

この国にいる、同じ年齢の落ち人。そして、優梨愛を守るようにしているやたらと見目のいい青年。さらに優梨愛の『いかにも』といった服装。

それらから連想されるのは一つしかなく、最初に感じた嫌な予感は的中していた。

「それで楠瀬さんはどうしてここに？」

「うん、実は私この国で聖女って呼ばれて」

「ユリア様！」

慌てたように青年が遮るが、もう遅い。聖は正解の言葉をしっかりと聞き取っていた。

ちらりと春樹を見ると、ほら見ろ、と言わんばかりの視線を返されるが、別に聖のせいではない。厄介事が勝手に向こうからやってくるのであり、招き寄せた覚えはないのだ。

「聖君は、大丈夫よ？」

「ですがっ」

「それに」

優梨愛は青年に笑って、聖を見る。そして、なぜか一瞬だけ春樹を見たその表情は、決意に満ちていた。

「あの、聖君。できればちょっとだけお話、できない、かな？」

「今？」

「うん。その、迷惑かもしれないけど、こんな状況だし」

「……」

それに聖は少しだけ考えるように首を傾げる。

（うーん、お付きの人がすっごい睨んでるんだけど……）

優梨愛は気づいていないが、なぜか鋭い眼差しで、青年がこちらを見てくる。

それに内心ため息をつきつつ、先ほどから無表情かつ無言の春樹を見て、聖は口を開いた。

「春樹、先に戻ってもらってもいい？」

「……大丈夫か？」

「うん」

特に何を聞くでもなく「わかった」と一言だけ返した春樹は、そのまま踵(きびす)を返す。それを見て、あからさまにほっとしたような表情をした優梨愛に、聖は笑顔を向けた。

「じゃあ、どこで話そうか？」


優梨愛は昔から夢見がちな女の子だった。

いつか王子様が、と考えるようなごく普通の女の子ではあったが、乙女ゲームというものを始めるようになってから、それが加速した。

誰からも愛される女の子。

誰よりも特別な女の子。

どんなに不遇な境遇にあっても、最後は誰よりも幸せになる女の子。

それに己を重ね始め、そして、いつしかすべてに疑問を、不満を持つようになった。

どうして誰も自分を特別扱いしてくれないのだろうか。

どうしてこんなところに自分はいるのだろうか。

どうしてどうしてどうして……

そんな考えが常に頭の中に浮かぶようになったが、表面上はごく普通であったため、誰もそれに気がつかなかった。両親でさえも。

そんな中、起こった出来事が優梨愛のすべてを変えた。

優梨愛が覚えているのは、目の前に迫るトラック。その次の瞬間には見たこともない場所にいて、目の前には夢にまで見た光景。

優梨愛はすぐに状況を理解した。すべてがすとんと収まった感覚すらあった。

（そっか……ここが、私のいるべき場所だったんだ……）

聖女様、ユリア様、と崇められ守られ大切にされ、優梨愛を守るために見たこともないほど素敵な騎士たちが傍にいる。

だから、魔族に虐（しいた）げられているというこの国の人々のために、怖いけれど、大変だけれど、聖女として頑張ろうと優梨愛は決意した。

だって、自分しかこの国を助けることができないのだから、と――

そんな時に、偶然再会したのが聖だ。正直、驚いたが嬉しくもあった。

元の世界で、優梨愛が困っていると必ず助けてくれた、ちょっと大人しめの優しい男の子。そして、その傍にいた不良と名高い春樹を見て、優梨愛はすべてを悟った。

聖を助けられるのは自分だけで、そのためにここで出会ったのだと。

どういった理由で聖がこの世界に来たのかはわからないが、きっと優しい聖は春樹を放っておけず、一緒にいるのだろう。いや、ひょっとしたら何か弱みでも握られており、仕方なく一緒にいるのかもしれない。だって、そうでなければ一緒にいる理由が見つからない。

だからなんとか聖を助けようと、こちらを睨むように見てくる春樹を見返して、聖だけと話をしたいのだと持ちかけると、微笑んで頷いてくれた。

（やっぱりそうだったんだ！　私は間違ってない！）

きっと聖も待っていてくれたのだと、その思いで場所を移動し、城の中にある部屋へと案内する。

けれど、そんな聖との話し合いの前に、護衛をしてくれているクリストファーに話があると言われたので、不思議に思いながらも聖に断って部屋を出た。

「どうかしたの？」

「……海上騎士団より報告が上がっております」

話によると、聖たちは先日クジラーという魔物に呑み込まれてこの国へとやって来たそうだ。それを聞き、優梨愛は驚いた。

「え？　呑み込まれて？」

「ああ、そういう魔物ですが特に害はないのです」

「えっと、そうなの？」

優梨愛にはよくわからないが、そういうものらしい。

「それで、杞憂(きゆう)ならばよいのですが。この時期にこの国にやって来たということと、あの見た目から、どうにも他国の間者(かんじゃ)ではないかとの疑いがあります」

「え？　でも……」

「ええ、落ち人だということですので、可能性は低いかと」

ですが、とクリストファーは続ける。

「ゼロではないのです」

だからどうかお気をつけください、とこちらを心配げに見やる様子に、優梨愛は安心させるように笑って頷き、聖の待つ部屋へと戻る。

「お待たせ、聖君」

「おかえり、楠瀬さん」

所在なさげにきょろきょろしていた聖だが、優梨愛の姿を見るとほっとしたような顔を見せた。優梨愛も安心させるように微笑みを返す。

(クリスってば心配性なんだから！　聖君にそんな心配いらないのに)

そう、聖は優梨愛に助けを求めているだけなのだから。

「それで楠瀬さん、なんかさっき聖女とか言ってたけど？」

「うん、私は聖君たちとは違ってこの国に召喚されたの、聖女として。その時、本当は勇者として召喚された人もいたんだけど……もういないの」

「え？」

驚きの声を上げる聖に、優梨愛は説明する。

勇者として召喚された青年が、魔王によって亡き者にされたのだということを。そして、この国の現状を。

「だから、私は聖女としてこの国を救わなければならないの」

「そう、なんだ。でも、確か伝説の剣って、誰でも触れられるところにあるんだよね？　大丈夫なの？」

優梨愛は微笑む。自分のことより人のことを心配する聖は、やはり優しい。

「その剣はね、聖女じゃないと抜けないの。だから心配ないわ」

「そっか。それで抜けるものなら抜いてみろ、と言わんばかりに出入り自由なんだ」

「うん。私も最初は不用心だなって思ったんだけど、本当に抜けないみたいなの。でも抜けたらその人のものだから、挑戦する人が後を絶たないんだって……それに実は、明日の午後、その剣を抜きに行くの。だから大丈夫」

「そうなんだ」

感心したように頷く聖を見ながら、優梨愛はカップを手に取る。そして、聖がお茶にもお菓子にも手を付けていないことに、今更ながらに気づいた。

「あ、聖君。よかったらこのお菓子食べてみて。アリスの手作りなんだけど、本当に美味しいの」

言って、部屋の隅に控える侍女(アリス)を見る。

金平糖(こんぺいとう)のような砂糖菓子は、さくりとした食感がとても美味しく、優梨愛のお気に入りだ。

けれど、聖は申し訳なさそうな顔をした。

「ごめん、実はさっきご飯食べたばっかりでお腹いっぱいなんだ」

「あ、そうなんだ」

なら仕方ないよね、と勧めたことを詫(わ)びると、聖が己の分のお菓子を優梨愛へと差し出した。

「よかったら、楠瀬さん食べてよ」

「え?」

「あ、僕手は付けてないから大丈夫だよ? 勿体(もったい)ないし」

そう言われた優梨愛は、いつの間にか自分の皿が空になっていたことに驚く。本当に美味しいので、気がつかないうちに食べてしまったようだ。

その事実に、ちょっと頬を赤くしながら聖を見ると、微笑ましいものを見るような表情をされる。

「え、えっと、じゃあ」

せっかくだから、と優梨愛が手に取ろうとした瞬間、アリスが小走りで近づいてきた。

「いけません！」

「っ、アリス？」

「も、申し訳ございません」

そう言って慌てたように頭を下げると、アリスは聖に向かって口を開く。

「申し訳ございませんヒジリ様。こちらでは一度お客様にお出ししたものに口をつけるのは、大変礼儀に反した振る舞いとされております。ですので、どうかご容赦を」

「あ、そうなんですね。気づかなくてすみません。楠瀬さんも、ごめんね」

心底申し訳なさそうに謝る聖だが、むしろ謝るのはこちらだろうと、優梨愛は慌てて首を横に振る。

「私こそごめんなさい。勉強はしてるんだけど、まだあんまり身についてなくて……」

「それは仕方ないよ。礼儀作法って、そう簡単に身につくものじゃないし。これから頑張ればいいんじゃないかな？」

「……うん、そうだよね」

聖に言われ、優梨愛はほっとする。これから覚えればいいと、同じ世界で生きていた聖がそういうのだから、すぐにできなくても何も問題はない。

やはり聖は変わらずとても優しいと、優梨愛は笑みを浮かべる。

「それでね、聖君」

「なに？」

「聖君さえよければ、この国で暮らさない？」

「え？」

聖が驚きの表情を浮かべる。

「あ、えっと、そのね。外は魔物とかがいて大変でしょう？　だから、どうかなって……」

「うーん、でも春樹もいるし」

「だから！　だからね、もう無理しなくてもいいんだよ！　ここはもう違う世界なんだから、聖君も自由にしていいの！」

春樹の我儘(わがまま)に付き合うことなんてない。もう解放されてもいいのだと、危ないことなどする必要もないのだと、困惑した表情の聖に、優梨愛は必死に呼びかける。

「別に春樹は、楠瀬さんの思ってるような奴じゃないよ？」

「騙されちゃだめだよ聖君！　……聖君が優しいのは知ってる、でも私、あの人がどんなに危なくて酷い人かたくさん聞いたのっ」

「………」

「私、聖君を助けたいの！　今の私なら、助けられるの！　だからっ」

そこまで言った優梨愛は、急に恥ずかしくなって俯き、思わず頬に手を当てる。

(うう……顔真っ赤になってるかもしれない。ちょっと落ち着かないと……)

意識して、深呼吸していると「……へぇ？」と小さく、ひどく冷たい平坦な声が聞こえた気がして、優梨愛は顔を上げる。

「聖、君？」

「楠瀬さん？　どうかしたの？」

聖の表情に変わりはない。いつもと同じ、優しい表情。先ほどの声は気のせいだったのだろうと、優梨愛はほっと息をついて、首を振る。

「えっと、何でもないの」

「そう？　……楠瀬さん、心配してくれてありがとう」

聖が微笑む。

「でも、この世界に来てお世話になった人たちに用事があるから、一度行かないといけないんだ」

「そう、なの……」

優しい聖だ。お世話になった人への用事があるのならば、それを反故にはできないのだろう。優

聖はとても楽しそうに笑う。けれど、決して詳細を口にしようとはせず、春樹も特に聞きたいとは思わなかった。

そんな春樹に、聖は少しだけ笑みの種類を変えて言う。

「あ、それと明日の予定なんだけどさ」

「ああ」

「明日の午後から、楠瀬さんが伝説の剣を取りに行くんだって」

「へえ」

「だからさ、明日の朝一で行こうか」

「ん？」

聖が心底楽しげに笑っているのを見て、早く行かないと伝説の剣が見られなくなる、という理由ではないことを春樹は察する。

「伝説の剣、抜けたら面白いよね？」

「あー、そうだな。それは面白いだろうな」

言って、春樹は目を細める。

優梨愛との話し合いで何を言われたのか、聞かされたのかを春樹は知らない。

けれど、聖を怒らせたことだけは理解した。

自分でも気づかないうちに、口の端が上がる。

（……バカだよなぁ……）

素直に春樹はそう思う。同情なんてもちろんする気はなく、ただ心の底からそう思って、小さく呟いた。

ご愁傷様（しゅうしょうさま）、と。

5章　旅は続くよどこまでも

伝説の剣があるダンジョン【お散歩日和】は一階層しかない、洞窟ダンジョンだ。

内部は季節の草花が咲き誇り、どこからか鳥の鳴き声がするなど、まさにその名にふさわしい様相を呈(てい)している。

「んー、気持ちいいね」

「そうだな。てか、なんで太陽があるんだろうな？」

「うん、不思議」

洞窟なのに、なぜかある太陽。だが深く考えてはいけない、だってダンジョンなのだから。

「魔物も全くいないねー」

「まさか朝早いからって、わけじゃないよな」

今は早朝、人々がようやく起床するような時間帯。

辺りには人影もなく、いる気配もない、貸し切りと言ってもいい状態になっている。そのため時間帯的に人がいないのは理解できるのだが、なぜか魔物もいなかった。

「……特に聞かなかったけど、魔物が出ないダンジョンだったりして」

「それってダンジョンって、言わなくないか？」

「そうなんだけどさ。ここまでいないって、変じゃない？」

「……まあ、確かに」

入ってからだいぶ歩いたが、一切魔物に遭遇しないし、春樹も気配を感じないので頷くしかない。

「伝説の剣の効果とか？」

「なんか、その伝説っていうのがそもそも疑わしいんだけどな……」

春樹は苦笑する。確かに伝説の剣という言葉には惹かれたが、こういう場合は偽物であることが多いと思っているからだ。

「ふーん？」

「異世界テンプレ的に？」

「ああ、テンプレ的にな」

聖は頷き、春樹が偽物でも構わなそうなので、特に何も言わず歩を進める。

そうして、どれほど歩いただろうか。相変わらず魔物の気配もなく、お散歩気分で進んでいると、目の前に巨大な木が見えた。

「うわぁ、でっかい木」

「そうだなー、樹齢とかどのくらいだろうな」

二人は巨大な木を見上げながら、その向こう側へと回る。目的のものは、この巨木の向こう側にあると聞いていた。

「お？　あれか」

「……確かに剣だね」

周りを木々に囲まれた、やや薄暗い空間。そこだけ上から太陽の光が差し込み、何やら神聖な雰囲気を醸（かも）し出している。

そんな場所に、大きな石があり、剣が突き刺さっていた。

「刺さってるな」

「刺さってるね」

どうにも不自然に見えるほど、真っ直ぐ石に刺さっている。

主夫の目で見てみると、確かに【伝説の剣】との表記は出たのだが、詳細は不明であった。

「一応、本当に伝説の剣なんだね」

「そうだな、どう見ても何の特徴もない、ごく普通の剣に見えるけどな」

「あれじゃない？　ええと、抜いたら光り輝く、とか？」

「ああ、本来の姿を取り戻す、とかか」

春樹がなるほど、と頷き、じっとそれを見る。

「……とりあえず、抜いてみるか」

「うん、一応ね」

無理だろうなと思いながらも、まずは聖が試してみた……が、当然のようにびくともしなかった。

そして、春樹も挑戦するが、結果は同じで、抜けないというのが事実だとわかる。

「あー、やっぱ本当に聖女とやらじゃないとダメか？　つか本物だったのかよ……」

絶対偽物だと思ったのにな、とぼやく春樹を余所に、聖はじっと剣を眺める。

そして、何となく、地面の土を蹴り上げた。

「……ねえ、春樹」

「ん？」

「この剣てさ、抜かなきゃだめなの？」

「あ？」

訝しげな表情をする春樹に、聖は再度足元の土を蹴り上げ、それを見る。土の上に石があり、それに剣が刺さっている。つまり――

「下の土から掘ったら取れないかな？」

「……あー、なるほど」

聖と同じように全体を眺めて、春樹は面白そうに笑う。

「いーんじゃないか？　聖の土魔法ならいけるだろ」

本来土魔法とは、単独ではあまり使い道がなく、他の属性と掛け合わせて使うのが当然のこととされている。

けれど聖の覚えた土魔法は、変則的だが単独使用が可能であり、簡単に地面に穴を開けることができた……その部分の土は、なぜかアイテムボックスに収納されるのだが。

「んーと、じゃあやるね」

聖は地面に手をつき、気合を入れてイメージと魔力を叩き込む。

基本的に聖の使う魔法には、特定の言葉を必要としない。必要なのはただ一つ、明確に思い浮かべること。

「んーと、ショベルカーで周りからがばっと土をかき分けて……」

そんな呟きと共に、石の周りの地面から、不自然なほど土が消えていき、徐々に石がぐらぐらと揺れ出した。

「あ、聖ストップ」

「そう？」

春樹に止められ、すっかり地面が抉(えぐ)り取られたようになった場所を、聖は見る。

突き刺さるようにして下半分地面に埋まっていたらしい石が、周りの土が無くなったことから、ぐらりぐらりと傾き始める。

そしてついに、剣が刺さったままの状態で倒れた。

「お見事」

「ん、倒れたね」

すぐさま、もう一度主夫の目を発動させる。


【伝説と名付けられた剣】

伝説、伝説と言われ続けてどのくらい経っただろうか？

ここで踏ん張れと言われ、根性で耐え続けたが本来は頑丈さが取り柄の普通の剣だ。

もう、疲れた。どうかしばらく休ませてほしい、切実に……


「「……」」

ものすごく哀愁（あいしゅう）漂う内容だった。どうしよう、と二人は思わず顔を見合わせる。

「ええと、伝説の剣ではないって、こと、かな？」

「ああ、たぶん、違う、よな？」

なにせ『名付けられた』剣だ。どんな経緯で、そうなかったのかは謎だが、伝説の剣でないことだけは確かであった。

「……でもさ、楠瀬さんたちって、これ本物だって思ってるんだよね？」

「だろうな。あの様子だと誰も偽物だとは思ってないだろうな」

では本物の伝説の剣とやらはどこにあるのだろうかとの当然の疑問を覚えるが、ひょっとしたらそもそも存在していないのかもしれないと思い直す。

そして一応、地面から離れたので石から抜けないだろうかと試してみたのだが、やはり抜けなかった。

「まあ、とりあえず……いいよね？」

「まあな。いいんじゃないか？」

「じゃ、収納っと」

ちょっと大きいけど何とかなるだろうと思いながら、聖はそれをアイテムボックスへと入れる。

その瞬間、聖の脳内に《【安定の宝箱】が、アイテムボックス【宝箱】に昇格しました》というアナウンスが流れた。

（……は？　え？）

混乱する聖だが、アナウンスは止まらない。

《それに伴い【伝説と名付けられた剣】を【宝箱】へと収納いたします》

《【伝説と名付けられた剣】には休息が必要と認められました。取り出せるようになるまではしばし時間がかかります。ご了承ください》

「……なにそれ⁉」

気づけば聖は叫んでいた。アナウンスの内容が、何一つ理解できない。

すぐさま訝しげにこちらを見ていた春樹に説明すると、さすがに今回は笑わず、何ともいえない複雑な表情を浮かべる。

「昇格ってなに？」

「さあ……」

「休息ってなに？」

「ええと……」

「そもそもこの脳内アナウンスって、なに!?」

「……」

もちろん答えなどない。

そっと目を逸らした春樹を見ながら、聖は己のよくわからないスキルたちに打ちひしがれる。

「一番の謎が自分のスキルって、笑えない……」

「ええと、たぶんそれが主人公？」

疑問形。もはや春樹でさえもフォローできない現実を前に、聖は今度こそ本当に頭を垂れた。


そして翌日。

たっぷりと睡眠をとって、スキルに疲れた心を癒して迎えた朝。

冒険者ギルドからの言付けを受けた二人は、のんびりと朝食を食べ、ゆっくりと用意をし、そして昼過ぎに冒険者ギルドのクラウディアのもとを訪れた。

「あら、もっとゆっくりでもよかったのよぉ？」

「いえ、大丈夫です。それで、何でも僕らに会いたいって人が来てるとか？」

「そうなのよん……実は聖女様が来てるんだけど、お知り合いなのかしらん？」

「ええ、元いた世界で偶然にも。ところで」

聖はギルド内をぐるりと見回す。

「ずいぶん賑やかな気がしますけど、どうかしたんですか？」

いつもそれなりの賑わいがあるのが冒険者ギルドだが、その賑やかさが少し違うように聖は感じた。春樹も思い出すように言う。

「……そういや、外もやたらと騒がしかったよな」

「なんか、宿の女将さんもどことなく浮かれてたよね？」

揃って首を傾げると、クラウディアがこちらをじっと見ながら言葉を選ぶように言う。

「……実は、ついに聖女様が伝説の剣を抜いたそうなのよぉ」

「そうなんですかー」

「そりゃすごいなー」

「そうよねぇ？」

実に意味ありげなクラウディアの視線に、しかし聖も春樹も気づかない振りをする。

「確か昨日あなたたち、ダンジョン【お散歩日和】に行くって言ってたわよねぇ。変なこと聞くけど、抜けたのかしらん？」

「え、抜けるわけないじゃないですか」

「何言ってんだよ。聖女様が抜いたんだろ？」

「そうよねー。変なこと言ってごめんなさいねぇ？」

うふふ、とどこか機嫌よさげなクラウディアに案内され、その部屋へと通される。

それじゃあがんばってね、とウインクをしてクラウディアは去っていった。

部屋の中にいたのは、優梨愛と昨日の騎士、クリストファーの二人。

どことなく緊張したようなその様子に、けれど特に気にすることなく聖と春樹は向かい合うように腰掛ける。

「ごめんね待たせて。それで話って何かな？」

「聖君、あのね、あのねっ」

途端、優梨愛の瞳から大粒の涙が零れ出した。すぐにクリストファーが宥（なだ）めようとするが、優梨愛に泣き止む様子はない。

「ええと、どうしたの？」

「ひ、聖君。助けてっ、伝説の剣がないのっ、どこにもないのっ！」

「えっと？」

とりあえず、説明を求めてクリストファーへと視線を向けると、鋭い眼差しを返される。

「……昨日の午後、ユリア様がダンジョンに向かったところ、伝説の剣があるはずの場所はまっさらな更地（さらち）になっておりました」

「……え、更地、ですか？」

聖は内心を綺麗に隠して、驚いた表情を浮かべてみせる。

（ま、驚くよね……あるはずのものがないって）

土は綺麗に埋め戻し、足りない分はデウニッツでの修業中にうっかり収納してしまった土を使って、きっちりと整えてきた。まるで最初からそこには何もなかったかのような出来栄えに、春樹がものすごくいい笑顔だったのがとても印象深い。

そんなことを思い出しながらも、聖は当たり前のことをクリストファーに向かって尋ねる。

「……楠瀬さんが抜いたんじゃないんですか？　先ほどそう聞きましたけど……」

「わたしっ、抜いてない！」

「……うん、とりあえず落ち着こうか楠瀬さん」

これでは満足に話もできない。聖は腰に下げたポーチから、用意していたお菓子を取り出し、お皿へと載せる。

「楠瀬さん、食べてみてよ」

「あ、これ……」

「うん、宿の女将さんに聞いたんだけど、この国に昔からあるお菓子なんだってね。作り方教えてもらったんだ」

火にかけた鍋に【樹液の実】というものを溶かし、滑らかになったら火から外し固まるまで混ぜる。数分混ぜているとからからと音がし始め、小さな丸い粒状になる。

上品な甘さと、さくりとした食感が美味しい、金平糖のようなお菓子で、名前は特になかった。

「楠瀬さん、好きでしょ？　甘いものでも食べて落ち着こう？」

「……うん、ありがとう聖君」

嬉しそうに笑い、涙を拭いた優梨愛が手を伸ばす。だが、寸前でクリストファーがその手を掴んだ。

「クリス？　どうかしたの？」

「いえ、その……」

「ああ、よかったらクリストファーさんもいかがですか？」

どことなく焦ったようなその様子に、けれど聖は何も気づかなかったかのように、いつもの笑顔でお菓子を勧める。

「特別なものは何も入ってませんけど、それなりに美味しいと思いますよ？」

「――っ」

途端、凍りついたように動きを止めるクリストファーの様子を見て、春樹が少しだけ目を細め、そして聖は特に何も言わずに視線を外す。それに優梨愛は気づかない。

「クリストファーさんはあんまり好きじゃないみたいだね、美味しいのに」

言って、聖は一つ口へと入れる。

「美味しいのにな」

春樹も、ぱくりと食べ、満足そうな顔をする。

「うん、美味しい……」

そして、優梨愛がゆっくりと味わうと、もう一度涙を拭う。

「ごめんなさい、もう大丈夫」

「そう？」

「うん……それでね、聖君たちが昨日の午前中に、あのダンジョンに行ってたって聞いたんだけど、何か変なこととかなかった？　なんでもいいの！」

真剣な表情で問いかけてくる優梨愛だが、聖たちにとっては変なことなど何もなかった。

「んー、これといってないけど、あ、魔物が出なかったのは普通のこと？」

「うん、なんでもあそこは昔から魔物が出ない場所らしいの」

そうよね、と聞かれたクリストファーは、いまだ表情を硬くしたまま頷く。

「……ええ、魔物はいないとされておりますので、それは普通のこととなります」

「そうなんですね」

それはもはやダンジョンと呼んでいいのだろうか、といささか疑問に思った聖だが、とりあえず頷いておく。

そこにクリストファーが、真剣な表情で口を挟んだ。

「……ところで、一つお伺いしますが」

「はい」

「……伝説の剣、抜きましたか？」

「はい？」

ものすごい直球だった。聖は首を傾げ、優梨愛は驚いてクリストファーを見る。

「何言ってるの……？」

「念のためでございます、ユリア様……それで、返答は？」

「え？　抜いてませんよ？　というか僕も春樹も試してはみましたけど、ぴくりともしませんでした。本当に抜けないんですね」

聖はさらりと答える。

嘘ではない。抜こうとしても抜けなかったし、結果的に『抜けて』はいない。そして何より、持ち帰ったのは【伝説と名付けられた剣】であって【伝説の剣】ではないのだ。

「ちなみに疑問なんですけど、もし、仮に抜いてたとしても何が問題なんですか？」

「えっ」

「だって、楠瀬さん。抜けたらその人の物、なんでしょ？」

「そんな、それは……」

「もしかしたらの話だよ？　実際今まで抜けてなかったんだし、なんか他に理由があるんじゃないのかな？」

「……理由」

優梨愛が考えるように口元に手を当てる様子を、聖と春樹はただ見つめる。

そもそも、理由も何もあそこにあったのは伝説の剣などではないし、そうしたらそもそも聖女ってなんだという話になるのだが、それは二人には関係のない話だった。気にはなるが。

「それと楠瀬さん、ごめんね。これ以上は力になれないかな」

「え、どうして？」

「もう明日にはこの国を出る予定なんだ、本当にごめんね？」

「そんな……」

優梨愛が再び泣きそうな顔になるが、聖はあえて気づかない振りをして立ち上がる。

「じゃあ、行こうか春樹」

「……いや、悪いけど先に行っててくれ」

「そう？」

「ああ、すぐに行く」

特に理由を聞くでもなく、聖は「了解」と手を上げる。そして、引き留めたそうな顔をした優梨愛に何も言うことなく、そのまま部屋を出た。

扉が閉じるのを確認して、春樹は優梨愛に向き直る。

優梨愛の表情は先ほどとは違い、やや怯えたように、けれど睨むようにして春樹を見ていた。

「簡潔に聞くけど、お前、なんでここに来た？」

「なんでって、それは聖君に助けてほしくてっ」

「ふぅん、助けて、ねぇ？」

言って、春樹はちらりとその隣を見る。

「そっちの奴はそんな感じじゃないけどな。どこから俺たちがダンジョンに行ったのを聞いたのかは知らないが、最初から疑ってたよな？」

「えっ？」

「……」

驚く優梨愛を一瞬だけ見たクリストファーだが、すぐに春樹に視線を戻すと、忌々しそうに口を開く。

「……あなた方は、落ち人、ですから」

「ああ、なるほど？　落ち人ならば、何があっても不思議じゃないって？」

「そうです」

断言され、春樹は思わず呆れてしまう。

（なんつーか、どいつもこいつも落ち人をなんだと思ってんだか。いや、まあ、それだけ過去の奴らがいろいろやらかしたんだろうけどな……）

なんて迷惑な話だろうかと春樹は思う。

だが実際、確かにクリストファーの言うことは間違いではなく、聖はやらかしている。

けれど、それはすべて、聖を怒らせるから悪いのだ。そうでなければ、下から掘ってみるなんてことは考えなかっただろう、おそらく、きっと、たぶん……いや、どっちにせよやらかしてたかな？　なんて考えてしまった春樹だが、表情には出さない。

「ま、なんでもいいけど。楠瀬、聖に頼るのはやめろ。迷惑だ」

「なんであなたに言われなくちゃいけないの!?　それに聖君は優しいものっ、そう、今だってきっとあなたが何か言って……」

「……優しい？　聖が？」

春樹は思わず鼻で笑ってしまった。

「……何がおかしいの？」

「いいや？」

きっと聖を知る大多数が、聖を優しい人間だと思うのだろう。優梨愛のように、優しい人なのだと信じて疑わないのだろう。

けれど、春樹は知っている。

「聖はお前が思ってるほど、優しい人間じゃないけどな」

「あなたのような人にはわからないのよっ、聖君の優しさが！」

「そうか？　じゃあ、その優しい聖とやらを怒らせた自覚、あるか？」

その言葉に、春樹を睨むように見ていた優梨愛が、戸惑った表情を浮かべる。

「え？　なに、いって」

「あるわけないよな」

優梨愛の言葉を遮って、春樹は言い切る。

そう、あるわけがない。だからこそ、聖を優しいと勘違いできるのだから。

「お前、俺についてのあることないこと、聖に向かって言ったんだろ？」

「嘘じゃないわ！　私はたくさん聞いたのよ！　あなたのよくない噂！　だからっ」

「――ああ、別にお前が何をどう信じようと、俺はどうでもいい」

何かを言い募ろうとした優梨愛の言葉を遮って、春樹は言う。

「人は自分にとって都合のいいことを、信じたいことだけを信じる生き物だ。それがお前にとっての真実なら、それはそれでかまわない」

けれど。

「俺と聖にとっての真実は違う。お前が信じる事実はどこにもない」

思い出すのは、どんなに何もしていない、そんな事実はないと言っても、信じない人々の姿。

（まあ？　勘違いしてちょっかい出してきた奴らは、きっちり撃退してはいたけどな）

そして、それが噂にどんどん拍車をかける原因になっていたのも知っている。

けれど撃退しないわけにもいかず、結果、春樹は訂正するのがもはや面倒くさくなってしまった。

春樹自身、聖とその家族たちがわかっていてくれればそれでいいと思ってしまったのもある。

（……でも、聖はずっと怒ってくれてたんだろうな、きっと）

ずっとずっと怒っていた。怒りをためていた。

春樹の悪い噂を誰かが言うたびに向ける、綺麗な作り笑い。けれど、聖は春樹には何も言わなかった。それは春樹が気にしない、と言ったからだ。

でも、そんな表情もこの世界に来てからは、見ることがなくなっていた。

聖は気づいていないけど、いつだって本当に楽しそうに笑っていて、そのことに、春樹は心の底から安堵していた。

けれど、優梨愛に会ってから見せたのは、あの作り笑いだ。

そのことが春樹をイラつかせていた。

「お前の存在は聖を怒らせる。だからもう関わるな」

「あなたの言うことなんて信じない、だって聖君はそんなこと言わないもの！」

「そりゃ言わないさ、明日にはこの国を離れるんだし、わざわざ言う必要もないだろ」

「あなただけ行けばいいじゃない！　外に行くなんて聖君には危険だわっ」

「ああ、安心しろよ」

もはや堂々巡りになりそうな会話に、面倒くさくなってきた春樹は、立ち上がる。

「俺が守るから問題ない。まあ、その必要もないけどな」

「あなたに何がっ……」

「じゃあな」

春樹は優梨愛の言葉を遮ってそう言い捨てると、そのままくるりと背を向けて扉を開ける。

背後から何か聞こえた気もしたが、聞かなかったことにして、そのまま部屋から出た。

「……ああ、疲れた」

ぽつりと、ため息とともに呟く。

春樹はもともと、それほど人と話すことが得意ではない。いくら多少イラついたからとはいえ、慣れないことはするものではないと、自嘲する。

やはりあのまま聖と一緒に帰ればよかったと思いながら、春樹は聖が待つ宿へと戻るのだった。


翌日、聖と春樹はクラウディアと一緒にイースティン聖王国の王都を出て、森へと向かっていた。

「残念だわぁ、もう行っちゃうなんて」

「すみません、元から長居する予定もなかったので」

「そうよねぇ、まあ、今回は急いで正解かしらん」

森に入る手前で足を止め、意味ありげに森へと視線を送るクラウディアに、聖と春樹は苦笑する。

ある程度予想はしていたが、予想通りの展開に、笑うしかなかった。

「さ、この辺りから行った方がいいかしらん」

「そうですね、お世話になりました」

「おかげで楽しませてもらったわぁ、また気が向いたら来てねん」

「……気が向く時がくればな」

「ええと、気が向けばいいんですけどね……」

楽しげなクラウディアに、二人はまた苦笑する。今のところ気が向く日は、到底来る気がしない。

「いつか、でいいのよん。元気でねん」

「はい、それではまた」

「……まあ、また」

二人は箒を出して乗ると、そのまま一気に高度を上げる。

途端、何やら下の方が騒がしくなったので見てみると、案の定、森の方から慌てて走ってくる数人の姿があった。

必死に何かを言っているような気もするが、クラウディアが気にしなくてもいいと言うように手を振っているので、頷いてそのまま空を行く。あとはお任せだ。

「やっぱり来たな」

「そうだね。でも遅いよね。箒があるんだから、飛ぶに決まってるのに」

どうやら箒で空を飛ぶという情報は、きちんと伝えられていなかったようだ。

いや、ひょっとしたら箒で空を飛ぶということが、よくわかっていない可能性もあるのかもしれない。

「そういや、結局何入れられてたんだ？」

「え？　ああ、お菓子のこと？　なんか『何でも素直に話したくなる薬』だって」

「……なんか落ち人、ってだけで警戒対象っぽいもんな、ここ」

「なんかね」

聖は優梨愛の部屋でのことを思い出し、苦笑する。

警戒というか、あれだけよくない視線を向けられれば、さすがに出されたものを素直に口にする気にはなれない。

念のために主夫の目を使ったが、正直なところ、そんなことをしなくても、食べることはなかっただろう。

「ひょっとして、過去に落ち人となんかあったのかもね」

「まあ、だとしても俺たちには関係ないんだけどな」

「そりゃあね」

結果としてやらかしてきたのだが、そこは気にしたら負けだろう。

もしかしたらこんな積み重ねで警戒対象になっているのかもしれない、とはちらりと脳裏を過ったが、気にしないことにした。なんにせよ、よほどのことがない限りもうこの国に来ることはないのだから。

「しっかし、すっごい森だよな。空飛べてほんとによかった」

「うん、飛べなかったら無理だったもんね」

二人の眼下に広がるのは、イースティン聖王国とオーディナル王国の間にある森。

そこは、今の二人では到底太刀打ちできない、結構な高レベルでなければ突破できないほどの魔物がひしめく場所だった。

そのため、ここから国境を越えてくる者は少ないだろうと、騎士が特定の場所に少数配置されているだけなので、ある意味行き来自由な場所だったりする。

「空って自由でいいね！」

「まったくだな！」

「そういえば、チートスには寄ってく？　そのままダリスに向かってもいいけど」

「どうすっかな……」

うーんと春樹が考え込む。

ある意味始まりの町であるチートスなのだが、よくわからない状態で行き、そのままよくわからない状態で旅立った場所なので、あまり印象はない。

冒険者ギルドのギルドマスターであるバルドと、受付嬢のシーニアにお礼を言いに行ってもいいかな、と聖は思っているのだが。

「あ、チートスだ！　そうだチートスだ聖！」

突然春樹が叫び出した。しきりに、何かを思い出したかのように頷く様子に、聖は何事だろうかと春樹を見る。

「チートスで見た依頼ボードの内容！　あれ覚えてないか⁉」

「えっと、内容……？」

「そうだ、内容だ！」

意気込んで言われるも、聖は正直なところあまり覚えていないし、春樹が気になるようなものなんてあっただろうかと、首を傾げる。

「んー？」

「ほら、思い出せ。俺たちが落ち人だって認定される原因になった依頼を！」

「あ、ああ！　あれ！」

「そう、あれだ！」

ようやく思い出した聖に、春樹が瞳を輝かせて頷いた。

「確か、スライムの討伐だったっけ？」

壁に貼ってあった、スライムの討伐依頼。

それを見て「スライムは弱い」という発言をしたために、二人が落ち人だと発覚することになったのだ。

それほど昔のことではないというのに、それはひどく懐かしい。

「で、それがどうしたの？」

「あのな、聖」

「うん」

「異世界と言えばスライムなんだ」

「うん？」

「異世界に来てからスライムを見てない！　一回くらい見てみたいじゃないか！」

「…………」

拳を握って力説する春樹を、聖は生暖かい目で見る。

「あー、うん、そうだね」

「だってスライムだぞ!?　あの謎の物体だぞ!?　しかもこの世界のスライムだし、絶対なんかおかしなことになってるだろ！」

すでにバルドからスライムの非常識さは説明されているのだが、覚えているのかいないのか。いや覚えているからこそ実際に見てみたいんだろうな、と聖は考える。

はっきり言って、ここまでスライムに執着する理由は、聖には到底わからない。けれど、きっと春樹のオタク脳によるオタク的思考にとっては当たり前のことなんだろうなと、考えることを放棄する。

「まあ、行くのはいいけど、依頼まだあるのかな？」

「絶対ある！　あれだけちょっと紙の色が違ったからな、ずっと達成されずに残ってる依頼とみた！」

よくもまあ、覚えているものだと、いっそ感心してしまう。

だが、そこでふと聖は疑問を覚えた。

「春樹、依頼受けるのはいいんだけどさ。依頼失敗した時って、ペナルティとかあるんじゃないの？」

「あ、しまった」

それは考えてなかった、と春樹はちょっと顔を曇らせる。

特に聞いていなかったが、おそらく何らかのペナルティは発生するだろう。

だが、そこまでして受ける価値があるのかと問われれば、春樹にはあるんだろうと、聖は断言できる。

「まぁ、別に僕は構わないんだけど、ペナルティっていっても、たぶん一回くらいならそんなに重いものでもないだろうしね」

「……一応、聞いてからにするか」

「そう？」

「ああ、ずっと放置されてる依頼なら、達成できなくてもペナルティはない気はするんだけどな」

「ま、とりあえずチートスに行ってからだね……あ、もうすぐ森抜けるみたいだよ？」

森の向こう側に平原が見えてきた。このまま進めば、そう時間もかからずにチートスへと辿り着けるはずだ。

「なんか、一周してきたって感じだな」

「……あー、確かにね。それにデウニッツまでは同じ道を通るしね」

「ファイティングキノコ採っていこうな！」

「それは必要だよね！」

前回通った時はあまり余裕がなかったが、今ならばもう少しいろいろ見たり採ったりしながら進めるだろうと、二人はうきうきしながら予定を立てていく。

「どうせなら、チートスも観光がてら見て回ってもいいな」

「そうだね、いろいろ見てもいいかも」

「なにせチートスの記憶って、ギルドと噴水しかないしな」

「……ああ、うん。確かに」

脳裏にあるのは、疲れて座り込んだ噴水と、そこから直行した冒険者ギルドのみ。見事なまでに他の記憶がまるでなかった。

「お？　見えてきたぞ」

「じゃあ、もう少し近づいてから降りようか」

「だな」

この先の、二周目の異世界旅に待つのはどんな楽しいことだろうかと、期待に瞳を輝かせながら、ゆっくりと下降し始める。

二人にとって始まりの町であるチートスはもう、すぐそこであった。

The Apprentice Blacksmith of Level 596

レベル596の鍛冶見習い

寺尾友希 Terao Yuki

第12回アルファポリスファンタジー小説大賞

大賞受賞作!

チート級に愛される子犬系少年鍛冶士は
あらゆる素材を調達できる

Lv596!

最強の見習い!?

犬の獣人ノアは、凄腕鍛冶士を父に持ち、自身も鍛冶士を夢見る少年。しかし父ノマドは、母の死を境に酒浸りになってしまう。そんなノマドに代わって日々の食事を賄うため、幼いノアは自力で素材を集めて農具を打ち、ご近所さんとの物々交換に励むようになっていった。数年後、久しぶりにノアの鍛冶を見たノマドは、激レア素材を大量に並べる我が子に仰天。慌てて知り合いにノアを鑑定してもらうと、そのレベルは596!　ノマドはおろか、国の英雄すら超えていた!　そして家族隣人、果ては火竜の女王にまで愛されるノアの規格外ぶりが、次々に判明していく——!

◉定価：本体1200円+税　◉ISBN 978-4-434-27158-8　◉Illustration：うおのめうろこ

水しか出ない神具【コップ】を授かった僕は、不毛の領地で好きに生きる事にしました
長尾隆生
Nagao Takao
辺境領主の領地再生ファンタジー、開幕！
コップひとつで自由に町作り！
大貴族家に生まれた少年、シアン。彼は順風満帆な人生を送るはずだったが、魔法の力を授かる成人の儀で、水しか出ない役立たずの神具【コップ】を授かってしまう。落ちこぼれの烙印を押されたシアンは、名ばかり領主として辺境の砂漠に追放されたのだった。どん底に落ちたものの、シアンはめげずに不毛の領地の復興を目指す。【コップ】で水を生み出し、枯れたオアシスを蘇らせたことで、領民にも笑顔が戻り始めた。その時、【コップ】が聖杯として覚醒し――!?　シアンは【コップ】をフル活用し、名産品作りに挑戦したり、不思議な魔植物を育てたりして、自由に町を作っていく！
◉定価：本体1200円＋税　◉ISBN 978-4-434-27336-0
◉Illustration：もきゅ

ギフト争奪戦に乗り遅れたら、ラストワン賞で最強スキルを手に入れた
[著] みももも
余りもの「最弱スキル」のおまけに
最強レアスキルがついてきた!?
大人気異世界集団勇者ファンタジー、待望の書籍化!
高校生の明野樹(あけのいつき)は、ある日突然、たくさんの人々とともに見知らぬ空間にいた。これから全員が勇者として異世界に召喚されるらしい。この空間では、そのためにギフトと呼ばれるスキルが配られるという。しかし、それは早い者勝ちだった。当然勃発するギフト争奪戦。元来積極的な性格ではないイツキは、その戦いから距離を置いていた。だがそうなると、いいギフトは手に入らない。案の定、イツキが手にしたギフトは、最低ランクだった……が、最後の一個にはなんとラストワン賞として、超レアなスキルがついてきた——
ギフト争奪戦に乗り遅れたら、ラストワン賞で最強スキルを手に入れた
みももも
勇者大量召喚で
スキル争奪戦勃発!!
余りもの「最弱スキル」のおまけに
最強レアスキルがついてきた!?
大人気異世界集団勇者ファンタジー、待望の書籍化!
◆定価:本体1200円+税 ◆ISBN:978-4-434-27521-0 ◆Illustration:寝巻ネルゾ

カムイイムカ
Kamui Imuka

人違いで召喚されて即追放!でも隠れチートがありました。

何でもレア化するスキルで
快適人助けの旅!

うだつのあがらない青年レンは、突然異世界に勇者として召喚される。しかしすぐに人違いだと判明し、スキルも無いと言われて王城から追放されてしまった。やむなく掃除の仕事で日銭を稼ぐ中、レンはなんと製作・入手したものが何でも上位互換されるという、とんでもない隠しスキルを発見する。それを活かして街の困りごとを解決し、鍛冶や採集を楽しむレン。やがて王城の者達が原因で街からは追われてしまうものの、ギルドの受付係や元衛兵、弓使いの少女といった個性豊かな仲間達を得て、レンの気ままな人助けの旅が始まるのだった。

◆定価:本体1200円+税　◆ISBN 978-4-434-27522-7

◆Illustration:にじまあるく

前世で辛い思いをしたので、
神様が謝罪に来ました
God came to apologize because I had a hard time in the past life
初昔茶ノ介
Chanosuke Hatsumukashi
全属性カンスト魔法
スキル作り放題
女神さまがくれた猫
てんこ盛りなお詫びチートで
不可能ゼロの天才少女に!?
辛い出来事ばかりの人生を送った挙句、落雷で死んでしまったOL・サキ。ところが「不幸だらけの人生は間違いだった」と神様に謝罪され、幼女として異世界転生することに！　サキはお詫びにもらった全属性の魔法で自由自在にスキルを生み出し、森でまったり引きこもりライフを満喫する。そんなある日、偶然魔物から助けた人間に公爵家だと名乗られ、養子にならないかと誘われてしまい……!?
やり直しライフは幸せまっしぐら!

F ranku bokensya no kimamana henkyo seikatsu
最強
Fランク冒険者の
気ままな
辺境生活？
1・2
紅月シン
無自覚チート ダダ漏れの
お気楽ライフ!?
元Sランク勇者の
天然やりすぎファンタジー開幕！
魔境と恐れられる最果ての街に、一人の少年がふらりとやって来た。彼の名は、ロイ。Fランクの新人冒険者である。魔物蔓延る過酷な辺境での生活は、彼のような新人にはあまりに荷が重い。ところがこの少年、実は魔王を倒した勇者だったのだ。しかも、ロイにはその自覚がまるでないものだから、周囲は大混乱!?
規格外新人冒険者のちょっと賑やか（？）な辺境生活が始まる！
●各定価：本体1200円＋税　●illustration：ひづきみや
無自覚勇者
先輩に乗せられて立ち上がる！
元Sランク勇者のチートな日常 第2弾！

この作品に対する皆様のご意見・ご感想をお待ちしております。

おハガキ・お手紙は以下の宛先にお送りください。

【宛先】

〒150-6008 東京都渋谷区恵比寿4-20-3 恵比寿ｶﾞｰﾃﾞﾝﾌﾟﾚｲｽﾀﾜｰ 8F
（株）アルファポリス　書籍感想係

メールフォームでのご意見・ご感想は右のＱＲコードから、
あるいは以下のワードで検索をかけてください。

アルファポリス　書籍の感想

ご感想はこちらから

本書はWebサイト「アルファポリス」（https://www.alphapolis.co.jp/）に投稿されたものを、改稿のうえ、書籍化したものです。

一般人な僕は、冒険者な親友について行く３

ひまり

2020年 6月 30日初版発行

編集－村上達哉・篠木歩
編集長－太田鉄平
発行者－梶本雄介
発行所－株式会社アルファポリス
〒150-6008 東京都渋谷区恵比寿4-20-3 恵比寿ｶﾞｰﾃﾞﾝﾌﾟﾚｲｽﾀﾜｰ8F
TEL 03-6277-1601（営業） 03-6277-1602（編集）
URL https://www.alphapolis.co.jp/
発売元－株式会社星雲社（共同出版社・流通責任出版社）
〒112-0005 東京都文京区水道1-3-30
TEL 03-3868-3275
装丁・本文イラスト－Tobi（https://tobi55555.tumblr.com/）
装丁デザイン－AFTERGLOW
印刷－図書印刷株式会社

価格はカバーに表示されてあります。

落丁乱丁の場合はアルファポリスまでご連絡ください。

送料は小社負担でお取り替えします。


ISBN978-4-434-27443-5 C0093